अनमोल पल

AF741541

Capt. Satish K. Chohan (R)

Former Member, (Addl. Secy to GOI) (eq.)
N M A, New Delhi
Architect Planner, Vaastu Advisor & Motivational Speaker

Edited by
Rubal Luther
(Former Member of Press Association of Punjab)

KAVYA
PUBLICATIONS

Publisher:

SDR INNOWAYS INDIA PVT. LTD.
667, Rajaward, Kulpahar, Mahoba - 210426

Imprint:
KAVYA PUBLICATIONS
Plot No.107C, Hanuman Khand, Gulabvatika, Behta Hazipur, Loni-UP (Near Dilshad Garden Delhi) NCR - 201102

Mob. : 7905266820
Website : www.kavyapublications.com
E-Mail : info@kavyapublications.com

ISBN : 978-93-6431-716-0

Year : 2026

This book is printed at MTL and published by author Ajay Agrawal, CEO of SDR Innoways India Pvt. Ltd. Kulpahar Mahoba with its imprint and centre, Kavya Publications Delhi.

समर्पण

यह पुस्तक, **"अनमोल पल"**, मेरी स्वर्गीय पत्नी श्रीमती पूनम चौहान की पवित्र स्मृति को समर्पित है, जिनका स्नेह, साथ और प्रेरणा आज भी मेरे जीवन का प्रकाश हैं।

कैप्टन सतीश के. चौहान

लेखक का परिचय

लेखक एक सेवानिवृत्त सेना अधिकारी होने के साथ-साथ एक प्रतिष्ठित वास्तुकार और नगर नियोजक भी हैं, जिनकी पेशेवर यात्रा 4 दशकों से अधिक समय तक फैली हुई है और उन्हें भारत के कुछ सबसे महत्वपूर्ण सार्वजनिक संस्थानों में ले गई है। उनका करियर समर्पण, अनुशासन और राष्ट्र निर्माण के प्रति प्रतिबद्धता का प्रमाण है - न केवल बुनियादी ढांचे के माध्यम से बल्कि विरासत संरक्षण और बौद्धिक योगदान के माध्यम से भी। पिछले 40 वर्षों में, उन्होंने केंद्रीय लोक निर्माण विभाग (CPWD), नई दिल्ली; अरुणाचल प्रदेश लोक निर्माण विभाग (PWD), ईटानगर; अंडमान PWD पोर्ट ब्लेयर; दिल्ली PWD और गाजियाबाद (उत्तर प्रदेश) में CPWD अकादमी जैसे विभागों में विभिन्न प्रमुख भूमिकाओं में काम किया है। इन भूमिकाओं में, उन्होंने प्रमुख विकास परियोजनाओं, बुनियादी ढाँचे की योजना और संस्थागत प्रशिक्षण में योगदान दिया - भारतीय शहरी विकास के भौतिक और प्रशासनिक परिदृश्य दोनों पर एक अमिट छाप छोड़ी।

2016 से 2019 तक, उन्हें राष्ट्रीय स्मारक प्राधिकरण, संस्कृति मंत्रालय, नई दिल्ली में पूर्णकालिक सदस्य (अतिरिक्त सचिव रैंक के) के रूप में भारत सरकार की सेवा करने का अनूठा अवसर मिला। इस प्रतिष्ठित पद पर, उन्होंने भारत के ऐतिहासिक स्मारकों के संरक्षण में महत्वपूर्ण भूमिका निभाई, यह सुनिश्चित करते हुए कि देश के विरासत स्थलों को संवेदनशीलता और दूरदर्शिता के साथ संरक्षित किया जाए, भले ही नियमों और कानूनों के तहत उनके आस-पास शहरी विकास जारी रहे।

अपनी पेशेवर यात्रा के समानांतर, लेखक ने लेखन के प्रति आजीवन प्रेम को भी पोषित किया है। उन्होंने वर्षों में कई कविताएँ, लघु कथाएँ और संस्मरण लिखे हैं, जिनमें से कई साहित्यिक पत्रिकाओं और पत्रिकाओं में प्रकाशित हुए हैं। उनका लेखन अक्सर उनके व्यक्तिगत अनुभवों, पेशेवर अंतर्दृष्टि और प्राकृतिक और निर्मित दोनों वातावरणों के साथ गहरे जुड़ाव पर आधारित होता है।
कार्यों का यह नवीनतम संग्रह उनके दोहरे जुनून सेवा और कहानी कहने की पराकाष्ठा का प्रतिनिधित्व करता है। प्रत्येक कृति प्रामाणिकता, प्रतिबिंब और एक शांत ज्ञान से भरी हुई है जो पीढ़ियों से पाठकों से बात करती है। लेखक आपको इन लेखों को पढ़ने, प्रतिबिंबित करने और अपने प्रियजनों के साथ साझा करने के लिए आमंत्रित करता है, उम्मीद करता है कि वे आपके लिए उतना ही अर्थ और आनंद लाएँगे जितना कि लेखन की प्रक्रिया में उन्होंने उसे दिया है।
लेखक को अपने काफ़ी लम्बे सेवाकाल में भारतीय सेना, भारतीय सरकार, अरुणाचल सरकार, अंडमान एवं निकोबार सरकार, दिल्ली सरकार एवं समय-समय पर और भी बहुत सी संस्थाओं में कार्यरत रहते हुए, जो भारत भ्रमण का अवसर प्राप्त हुआ, उस समय के दौरान हिमालय की ऊंची

ऊंची बर्फीली चोटियों और वादियों, अरुणाचल प्रदेश के हरे भरे घने जंगलों, अंडमान और निकोबार के चारों तरफ के समुद्र और दूर-दराज के छोटे-छोटे द्वीपों, राजस्थान की रेत भरे टीलों, दक्षिण भारत की बारिशों और गर्मी इत्यादि के बीच गांवों और शहरों में रहते हुए और भारत के सभी राष्ट्रीय स्मारकों के चारों ओर के वातावरण को नियंत्रित करने वाली संस्था के राष्ट्रीय स्तर के सदस्य रहते हुए, समय समय पर जो भी अनुभव प्राप्त हुए और विभिन्न-विभिन्न प्रकार की स्थितियों के अनुसार, जो अपने चारों तरफ महसूस किया, वो कविताओं के माध्यम से इस पुस्तक में समाहित करने की कोशिश की गई है।

सन्देश

वाह सतीश जी वाह

एक लेखक को जब विचारों को शब्द व शब्दों को ढाल कर कविता को जन्म देता है, वह पल बढ़े अनमोल होते हैं।

सतीश जी ने अपने विचारों को बहुत सुदंर कविताओं में ढाला है। सतीश जी ने अपनी कविताओं की पहली किताब के लिए मुझे विचार देने का अवसर दिया था।

आज पुन: सतीश जी ने अपनी कविता की नई पुस्तक अनमोल पल के पहला पन्ना लिखने का सुअवसर मिला है।

सतीश जी आपकी कलम से बहुत रचनाएं निकली हैं, वो बकमाल तो हैं ही, साथ ही रीडर्स को एक नई सोच के साथ जोड़ती है।

लेखक और रीडर्स का संबंध बहुत ही अनमोल होता है और इस संबंध में सतीश जी सदैव प्यार से परिपूर्ण रखते हैं।

अपनी नई किताब अनमोल पल के जरिए सतीश जी ने कुछ ऐसा ही जादू किया है।

मुझे पूर्ण विश्वास है कि सतीश जी नई कविताओं की किताब समाज में पुन: नई चेतना भर देगी।

शुभ कामनाओं सहित।

डॉ. नरेन्द्र कुमार बस्सी
बठिंडा पंजाब भारत

लेखक की पुस्तक, " **गुजरे पल**" का विमोचन

World Book Fair - 2026 (New Delhi)

अनुक्रमणिका

अनमोल पल

कुछ पल ऐसे,
आते हैं ज़िंदगी में,

जो मन में ठहर जाते हैं,
यादों की झिलमिल में।

न कोई आवाज़,
न कोई हलचल,

बस दिल की गहराई में,
गूंजते वो अनमोल पल।

वो पल, जब सूरज की,
पहली किरण चेहरे पर पड़ी,

और आनंदित मन ने कहा,
"आज कुछ नया होगा।"

वो पल, जब बरसों बाद,
किसी ने नाम लेकर पुकारा,

और आँसू बिना आवाज़ के,
गालों पर बहकर उतर आये।

कभी बचपन के दिनों की,
वो हँसी भी याद आती है,

जब मिट्टी में खेलना ही,
जन्नत जैसा लगता था।

माँ की गोद,
पिता का साया,

वो निश्चिंत पल,
जो अब बस केवल,
ख्वाब में नजर आते हैं।

कभी दोस्तों की महफ़िल में,
गुज़ारी हुई हसीन शाम,

जहाँ बातों से ज़्यादा थी,
अपनेपन की दुहाई।

न कोई दिखावा,
न कोई झूठी मुस्कान,

बस केवल सच्ची हँसी,
और स्नेह का सम्मान।

वो पल जब किसी ने,
"मैं हूँ" कहा पुकार कर ,

और ज़िंदगी अचानक,
आसान सी लगने लगे,

कभी मंदिर की घंटियों में,
मन को शांति मिली,

तो कभी अकेलेपन में भी,
खुद की पहचान मिली।

कभी हार में भी कुछ,
सिखने का मौका मिला,

कभी दर्द में भी एक,
मीठे फल का स्वाद मिला।

ज़िंदगी तो हमेशा से ही,
गुजरती रहती है यूँ ही,

मगर दिन, महीने और,
साल बदलते रहते हैं।

पर कुछ पल नहीं बदलते,
वो दिल में बस जाते हैं,

वो ही हमेशा के लिये,
"अनमोल पल" कहलाते हैं।

इन अनमोल पलों में ही,
तो ज़िंदगी बसती है,

बाक़ी सब बस कुछ तो
केवल सफ़र की तैयारी है।

समय रुक नहीं सकता,
ये सभी लोग जानते हैं,

मगर कुछ पल ऐसे होते हैं ,
जो हमेशा इंसानी मन के,
अंदर करवट लेते रहते हैं।

अकेला

पथिक हूँ अनंत पथ का,
जहाँ मंज़िल भी एक भ्रम है।
चल रहा हूँ अकेला,
क्योंकि साथ होना
भी एक छल है।

संसार की भीड़ में खोना,
स्वयं को भूल जाना है।
अकेला रहना —
अपने असली
स्वरूप को पाना है।

जहाँ कोई शब्द नहीं,
वहाँ मौन संवाद करता है।
जहाँ कोई साथ नहीं,
वहाँ आत्मा अपना
हाथ पकड़ती है।

सम्बन्ध टूटते हैं,
स्मृतियाँ धुंधलाती हैं,
पर जो शेष रहता है,
वह केवल मैं हूँ —
अकेला, अडिग।

अकेलापन — न शोक है,
न शाप,
यह तो अस्तित्व का सत्य है।
जन्म से मृत्यु तक,
यात्रा एकाकी ही तो है।

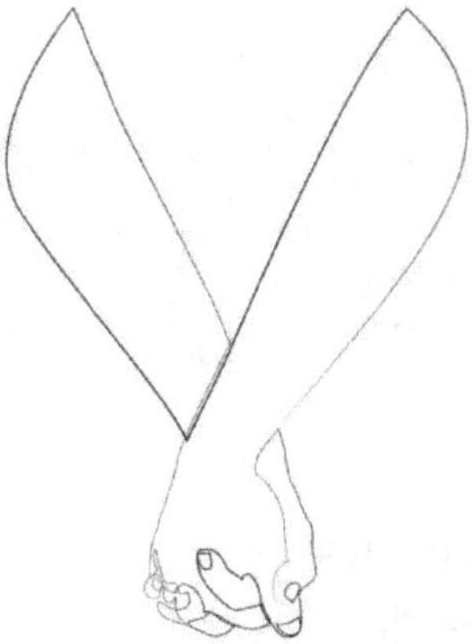

अजर अमर

चलते समय की धार पे,
बहती है जीवन की लहर,
क्षणिक रूप से दिखे जो कुछ,
वो भी शाश्वत की ही स्वरहर,

फूल खिले, फिर मुरझाए,
पर खुशबू बन कर रह जाते,
पंथी आते, पंथी जाते,
पगचिन्ह गाथा कह जाते,

शब्द मिटते, भाव नहीं,
काया जाती, आत्मा नहीं,
धूप-छाँव का खेल निरंतर,
पर सत्य शाश्वत, माया नहीं,

बदलें युग, बदलें परिवेश,
पर प्रेम नहीं होता,
कभी पुराना,
सत्य, धर्म, करुणा, श्रद्धा
रहते अमर, यह नाद पुराना,

वृक्ष झरे पत्ते सहस्र,
पर जड़ें रहतीं अडिग, गहन,
वैसे ही मनुष्यता की नींव,
शाश्वत है—निरंतर, निस्संदेह,
जो मिट जाए, वह कालजयी नहीं,

जो रह जाए,
वही शाश्वत है,
रूप-रंग का क्या अभिमान,
जब अंत में बस चेतन तत्व है,

अनोखे रिश्ते

कुछ रिश्ते,
खून से नहीं,

ज़िन्दगी के,
मोड़ों से बनते हैं,

जैसे अनजाने,
सफ़र में,
अचानक मिलने,
वाले सहयात्री,

कोई एक,
मुस्कान में,
अपना-सा,
लगने लगता है,

कोई चुपचाप,
हमारी बातें,
अपने दिल में,
सहेज लेता है,

कुछ रिश्ते बिना,
नाम के होते हैं,
न कोई बंधन,
न कोई शर्त,

बस एक एहसास,
कि वो हैं,
तो सफ़र आसान है,
ये रिश्ते किताब के,
पन्नों जैसे,

कभी हंसी के रंग,
कभी आँसुओं की,
स्याही,

पर हर बार कहानी,
पूरी कर जाते हैं,
इन अनोखे रिश्तों में,
कोई हिसाब नहीं,

बस जुड़ाव है,
दिल से दिल,
तक का सफ़र,

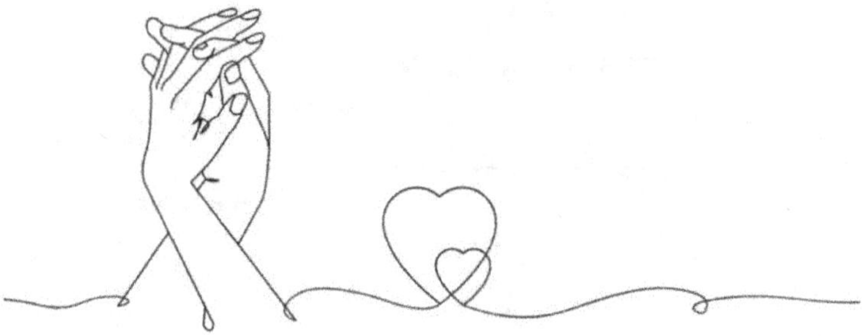

अन्जान रिश्ते

कुछ रिश्ते,
खून से नहीं,

ज़िन्दगी के,
मोड़ों से बनते हैं,

जैसे अनजाने,
सफ़र में,
अचानक मिलने,
वाले सहयात्री,

कोई एक,
मुस्कान में,
अपना-सा,
लगने लगता है,

कोई चुपचाप,
हमारी बातें,

अपने दिल में,
सहेज लेता है,

कुछ रिश्ते बिना,
नाम के होते हैं,

न कोई बंधन,
न कोई शर्त,
बस एक एहसास,
कि वो हैं,
तो सफ़र आसान है,

ये रिश्ते किताब के,
पन्नों जैसे,
कभी हंसी के रंग,
कभी आँसुओं की,
स्याही,

पर हर बार कहानी,
पूरी कर जाते हैं,

इन अनोखे रिश्तों में,
कोई हिसाब नहीं,
बस जुड़ाव है,
दिल से दिल,
तक का सफ़र,

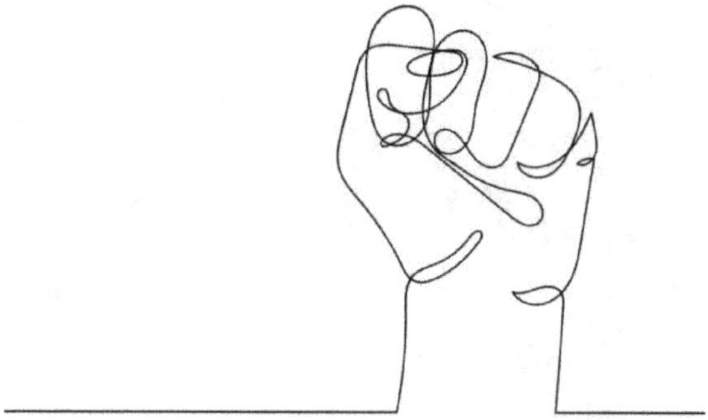

अभिमान

जब खुद को सब,
कुछ समझ बैठा,

औरों को तुच्छ,
समझ बैठा,

जब अपने कंधों का,
बोझ नहीं देखा,

औरों की कमर का
झुकाव देखा,
तब जन्म हुआ,
अभिमान का,

जब "मैं" शब्द
सबसे ऊँचा
लगने लगा,

हम" का अर्थ
छोटा लगने लगा,

जब प्रशंसा ही,
भोजन बनी,

और आलोचना,
जहर सी लगी,
तब भीतर,
पनपने लगा,
अभिमान,
आदमी खुद को,
खुदा समझने लगा,

धरती को,
अपने कदमों,
तले रखने लगा,
पर भूल गया,
वो एक बात,
जिसने रचा है,
वो ही करता है
चुपचाप प्रहार,

अभिमान की दीवारें,
जब गिरती हैं,

तो शोर नहीं होता,
चुप्पी होती है,

किसी की आँखें भी
नम नहीं होतीं,
पर भीतर एक
तूफ़ान जरूर उठता है।

कभी वक़्त से,
हार कर,

कभी अपनों की,
नज़र उतार कर,

जब अभिमान टूटता है,
तब इंसान फिर से,
इंसान बन जाता है,

अभिमान को मत पालो,
नम्रता से जीवन सँवारो,

क्योंकि जो झुकता है,
वही ज्यादा टिकता है,

और जो अकड़ता है,
वो समय की धूल में,
जल्दी ही सिमट जाता है,

अभिलाषा

कुछ हसरतें दिल में,
धूप सी तपती रहीं,

कुछ चाँदनी में भी,
और जलती रहीं,

कुछ हसरते आईं,
घर के दरवाज़े तक,
पर दस्तक देकर,

मुकद्दर की आहट से,
हमेशा ही डरती रहीं,

कुछ ख्वाहिशें तो,
गुलाब-सी महकीं,

पर काँटों में उलझ,
कर लिपटी रह गईं,

कुछ ख्वाब पलकों,
पर मुस्कुराए जरूर,
पर खुली आँखों की,
नमी में धीरे से बह गई।

कुछ हसरतें केवल
किताबी लफ़्ज़ों में
सिमट कर रह गई,
कुछ ख़ामोशी में
खामोश सी हो गई।

कुछ हसरतें सफ़र की
तरह चलती रहीं,
मगर कुछ मंज़िल से
पहले ही रुक गई।

ज़िंदगी की राहों में
यही सिलसिला है,

हर हसरत कभी पूरी
नहीं हुआ करती,

कुछ अधूरी रहकर भी
दिल में
रौशनी और
उम्मीद जगाये रखती है

अभिव्यक्ति

जब आँसू किसी,
और की,
आँखों में होते हैं,

और दर्द दिल को,
अपने छू जाता है,

तब जन्म लेती है,
सहानुभूति,

मनुष्य को मनुष्य से,
जोड़ने वाली,
वह अदृश्य डोर,
न हो कोई रिश्ता,
न हो कोई नाम,

फिर भी कोई पीड़ा,
लगने लगे
अपनी सी,

वहीं होती है,
संवेदना की सच्ची,
अभिव्यक्ति,
वहीं खिलता है,
इंसानियत का
सच्चा फूल,

सिर्फ देखना
काफी नहीं होता,

कभी किसी के
दुःख में,
थोड़ा ठहर
जाना पड़ता है,

कभी हाथ पकड़ना,
कभी खामोशी से
साथ देना,
कभी सिर्फ कहना,
मैं समझता हूँ तुम्हें,

सहानुभूति,
कोई उपदेश नहीं,

यह तो हृदय की
भाषा है,

जहाँ शब्दों की ,
ज़रूरत नहीं पड़ती,

केवल एहसास,
काफी होता है,

जब दुनिया भाग रही हो,
अपनी-अपनी राहों में,

सहानुभूति ठहरती है,
एक क्षण, एक नज़र,
एक आहट बनकर,
जो किसी टूटे हुए,
दिल को
जोड़ सकती है,

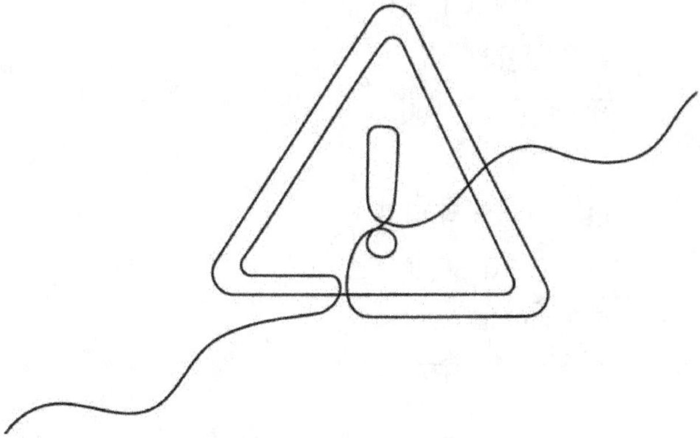

आगाह

चल पड़ा है आदमी,
बेतरतीब राहों में,
सुनता नहीं ज़मीर की,
धीमी धीमी आहों की,

तरक़्क़ी की दौड़ में,
खोया है होश जिसने,
जला रहा है जंगल,
बुझा रहा है जोश,

आगाह है हवा,
कि अब दम घुटता है,
पेड़ों की शाख़ों पर,
सन्नाटा लुटता है,

नदियाँ चुप हैं,
समंदर सहमा हुआ,

पिघलता पहाड़ है,
है मौसम बदला हुआ,
कभी मिट्टी थी माँ,
अब ज़हर उगाती है,

ज़मीं भी थक चुकी है,
फ़स्लें उगाते उगाते,
शहर की चकाचौंध में,
अंधेरापन है, इंसान में,

जैसे अब ना कोई,
अपनापन और व्यवहार है,
आगाह करती है,
ये धरती बार-बार है,

रोक लो अपने क़दम,
वरना मिटेगा संसार,
मत बाँधो हवा
और पानी को,

ना फैक्टरियों से
ज़हर फैलाओ,
ख़ुद को नहीं,
कम से कम
अपनी आने वाली
नस्लों को
तो बचाओ,

अभी भी वक़्त है,
जाग जाओ तुम,
संभाल लो क़लम,
किताब,व्यवहार और
नदी में बहती हुई,
कश्ती के पतवार,

आगाह हैं बादल,
आगाह हैं तारे,
क्या अब भी नहीं,
समझते कुदरत के,
अजीबोगरीब इशारे,

आचार विचार

साँसों में बसी है
शांति की धारा,
मन के भीतर,
जगे उजियारा,

तन, मन, प्राण का,
सुंदर संयोग,
यही तो है सच्चा,
शाश्वत योग,

अंतर की यात्रा,
जब भी हो आरंभ,
बाहर की,
हलचल भी,
हो जब पूर्ण मौन ,

भावनाओं में,
जब सयंम बहे,

चेतना निर्मल
होकर सहे,

ध्यान में हो डूबा,
जब जीवन प्याला,
मिल जाए आत्मा को,
असीम शांत परमशाला,

अहंकार गल जाए,
सहज प्रवाह में,
सत्य ही बोले,
हर एक निगाह में,

योग न केवल,
आचार विचार,
यह तो है इंसान के ,
भीतर की पहचान,

कर्म में करुणा,
वाणी में मृदुता,
हर एक क्षण में,
प्रेम की पूर्णता,

चेतना जब भी हो,
योग से प्रकाशित,
हर एक दिशा बने,
आकर्षित प्रकाशित,

जीवन सदा बने,
उत्सव और साधना,
यही तो है योग की,
सच्ची भावना,

आत्म बल

मन की आत्म शक्ति,
आत्मा की ज्योति,
हर अंधेरे में बनती है
रोशनी की बाती,

जब टूटने लगे,
हिम्मत की दीवार,
आत्म बल देता है,
हमेशा नव विचार,

न कोई शस्त्र,
न कोई ढाल,
फिर भी ये सबसे
बड़ी मिसाल।

झुके नहीं जो कभी
जीवन के सामने,
वो आत्म बल से
खड़े रहे जीवन में,

कितने भी दुख आए,
पीड़ा भी गहरी हो,
सपनों की राह भी,
कहीं पर हो ठहरी,

पर जिसने भीतर,
की लौ जलाई,
उसने हर बाधा पर,
पूर्ण विजय पाई,

अपने मन की
आवाज़ को सुनो,
डगमगाते ,
रास्तों को चुनो,

विश्वास रखो,
उस शक्ति पर,
जो हर परीक्षा में,
खरी उतरती है

संघर्षों में जो थामे,
और रहे स्वाभिमानी,
उनके जीवन में
खिलते हैं अरमान,

हर जीत की शुरुआत,
वहीं पर से होती है,
जहाँ आत्म बल की
नींव मजबूत होती है,

आत्मबोध

जब थम जाता है,
बाहर का शोर,

और भीतर की,
गूँज सुनाई देती है,

तब आत्मा की,
खामोश पुकार,
धीरे से समझ में,
आने लगती है,

आईने में कुछ नहीं,
मन में झांककर देखो,

वहाँ पर ही छुपा है,
अपना असली चेहरा,

जो हँसी में नहीं,
आंसुओं में बोले,

जो कुछ ऐसा लगे,
तुम्हारा ही सवेरा,

सपनों की दौड़ में,
जब थक जाओ,

जिंदगी के लक्ष्य,
धुँधले लगने लगे,

तब एक क्षण ठहरो,
रूक कर खुद से पूछो,
क्या यही था मेरा पथ,
भीतर का अनमोल सत्य,
बड़ा ही दिव्य और .सरल है,

न कहीं कोई मुखौटे, दिव
दिव्य
न दिखावे की भाषा,

जहाँ प्रश्न भी मैं ही हूँ,
उत्तर भी मैं ही हूं,
और मैं ही हूंअपनी,
आशा और अभिलाषा,

आत्मबोध कोई ग्रंथ नहीं,
जो शब्दों में बँध जाए,

ये तो अनुभूति का दीप है,
जो अंधेरों में जल जाए,

जो जान गया,
खुद को एक बार,

उसे फिर क्या खोना,
और क्या पाना,

हर ओर वही,
ईश्वर दिखे,
हर कण में वही,
तराना दिखे ,

आत्मीयता

जब शब्द नहीं
कह पाते सब,

और मौन में
मिल जाए रब,

जब एक नज़र
कह दे बात,

वहीं जन्म लेती है
आत्मीयता।

न रिश्ता खून का,
न नाम कोई,

फिर भी मन के
तार जुड़े हों कई।

न समझाना पड़े
भावना अपनी,

जब हृदय समझे
हर पीड़ा सजीव '–

वहीं स्पर्श करती है
आत्मीयता।

न अपेक्षा, न कोई आग्रह,
केवल स्वीकार का हो आग्रह।

दूरी में भी लगे निकटता,
वहीं बसती है
आत्मीयता।

ये न दिखावा,
न कोई प्रपंच,

न दिखावे की
मीठी चंचल छांव,

यह तो अंतर्मन की
सहज पहचान है,

जहां आत्मा से
आत्मा की पहचान है।

कुछ लोग मिलते हैं
बस चलते चलते,

और छू जाते हैं
गहराई तक,

बिना बोले,
बिना समझाए,

बना जाते हैं
जीवनभर की
आत्मीयता।

आविष्कार

आविष्कार ही तो चमत्कार है,
जो विचारों की गहराईयों में,
मन में गहरे डूबने से उभरता है,

सवालों के महासागर में जब,
बहुत से उत्तर तैरने लगते है,

जिज्ञासा जब अंगड़ाई ले,
और साहस साथ निभाए,

तभी तो मानव इस दुनिया से,
अन्तरिक्ष तक पहुँच पाए,

पत्थर से जब फूटे चिंगारी,
फिर आग बनी उजियारा,

पहिए ने जो द्रुत गति दी,
तो उसने बदला जग सारा ,

छोटी-सी एक सोच कभी,
करती विज्ञान का विस्तार,

यही तो मानव की सबसे,
बड़ी शक्ति है-आविष्कार,

हर असफलता से सीख,
लेकर फिर उठना बारंबार,

यही सब कुछ तो देता है,
जग को हर नया आविष्कार,

मन की उड़ान थमती नहीं,
तो राहें खुद बन जाती हैं,

कल्पनाएँ सच्चाई में ढलकर,
बन जाते हैं, नये आविष्कार

प्रगति की यह संरचना ही तो,
जीवन को करती है सुंदर-सार,

इस धरती पर मानव का सबसे
अमूल्य धन है - आविष्कार ,

आशीर्वाद

आर्शीवाद किसी का हो,
इंसान के सिर पर तो ,
भाग्य बदल जाता है,
सुख ही सुख मिलता है,

गुरुजनों का जो हाथ उठे,
आशीर्वाद की मुद्रा में,
तो किस्मत चमकाता है,

अंधकार भी घबराकर,
दूर कहीं छुप जाता है,

शब्द नहीं, वो मंत्र होते हैं,
जो वे कानों में बजते हैं,

ज्ञान की जो ज्योति जलाएँ,
वो खुद ज्ञान के दीपक होते हैं,

बाल मन है बचपन में,
भ्रमित पथिक सा है मन,
कुछ भी समझ ना पाता है,

आपने ही अक्षर जोड़े,
तब ज्ञान का गाना गाता है,

चाल, विचार, संस्कारों से,
सबका मन गढ़ पाते हो,

शून्य को भी पूर्ण बना दो,
इतना जादू चलाते हो,

डांट भी आपकी वरदान लगे,
जब उसमें स्नेह छुपा होता है,

हर सीख तुम्हारी बंजर में भी,
हर तरफ हरियाली बोता है,

पाठशाला हो या,
जीवन की कोई,
गहन कठिन परीक्षा,

आपकी आर्शीवाद से मिलती,
सफलता की शिक्षा,

गुरुजन न होते,
तो क्या समझते,
कर्तव्य, धर्म, पहचान,

आपने ही तो दिखाया है,
कैसे बनें सच्चे इंसान,

जो राह दिखाई आपने,
उस पर चलना सौभाग्य है,

आपके चरणों की धूल सदा,
सबके लिए उपकार है,

गुरुजनों का आशीर्वाद सदा,
रहे सब पर अनमोल,

वो ही सबका रक्षा कवच है,
चाहे इंसान की जिंदगी,
कितनी भी हो डांवाडोल,

नमन उन सब गुरुजनों को,
जिनसे उजियारा पाया है,

गुरुजनों की सदकृपा से ही,
जीवन सार्थक बन पाया है।

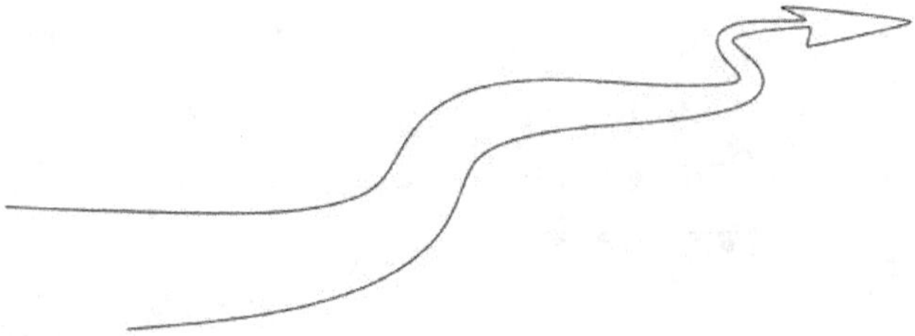

आसान राहें

कहां हैं वो राहें,
जो आसान हों,
जहां ना हों कांटे,
ना उलझे कदम,

जहां हर मंज़िल हो
बिल्कुल करीब,
जहां ना हो कोई डर,
ना कोई ग़म,

पर राहें कभी
आसान नहीं होतीं,
हर मोड़ पर होती हैं
चुनौतियाँ नई,

कभी धूप जलाए,
कभी छांव भटकाए,
पर चलना ही
जीवन की सच्चाई,

जो लड़ता है,
वही आगे बढ़ता है,
जो गिरकर संभलता,
वही कुछ करता है,

मुश्किलें हैं तो
रास्ते भी मिलेंगे,
हौसले से बढ़ो,
तो मंज़िल मिलेंगे,

राहें कठिन सही,
पर रुकना नहीं,
हर कठिनाई के बाद,
है रोशनी वहीं पर,

उसी रोशनी के सहारे,
आगे बढते चलो और,
अपनी मुश्किल राहों को,
आसान राहें बनाते चलो,

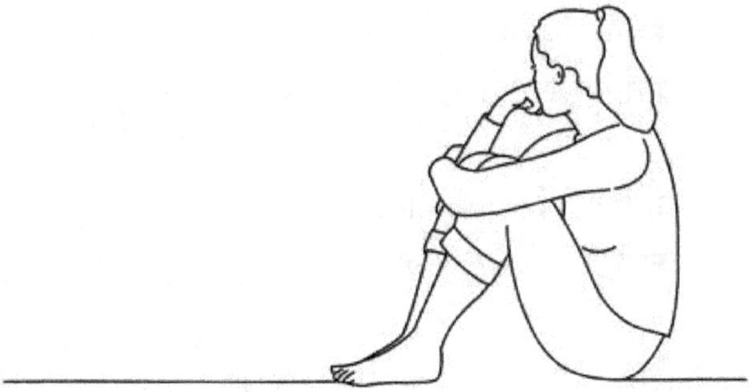

इंतज़ार के पल

राहों में ठहरती नज़र,
कदमों की आहट सुनती,

हर पल बस एक उम्मीद,
कि कोई आएगा लौटकर,

घड़ी की सुइयाँ भी थक गईं,
मगर दिल ने हार न मानी,

समय चाहे जितना बीत जाए,
आशा की लौ नहीं बुझती,

सपनों की डोर थामे हुए,
यादों का आलिंगन किए,

इंतज़ार एक धड़कन बनकर,
दिल में हर क्षण गूंजता है,

कभी आंसू बनकर टपकता,
कभी मुस्कान में छिप जाता,

कभी दर्द की चुप्पी होता,
कभी प्रार्थना सा झर जाता,

इंतज़ार ही है जीवन का रंग,
जिसमें तड़प भी है प्रेम भी है,

आशा का उजाला भी है और,
मिलन का मधुर संग भी है

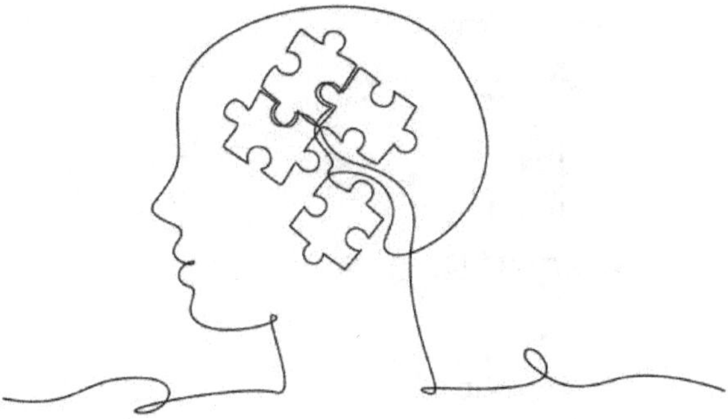

इंसान की आदतें

इंसान की आदतें
बड़ी अजीब होती हैं,
कभी कभी तो
ख़ुशी में भी
उदासी सी
ग़रीब होती हैं।

मिल जाए सब कुछ
फिर भी खालीपन,
ना मिले कुछ तो
मन का सूनापन
और शिकायतें
करीब होती हैं।
सपनों में उड़ानें
भरता है रोज़,
हक़ीक़त में

डरकर रुक जाता है,
जो है उसके लिए
शुक्र नहीं,
जो नहीं है,
उसी पे टिक जाता है।

छोटी बातों से
दिल लगाता है,
फिर उन्हीं में
टूटकर बिखर जाता है।
समझदारी की
बातें करता है बहुत,
मगर वक़्त आने पर
बहक जाता है।

बचपन में बड़ा
होने की जल्दी,
बड़े होकर फिर
बचपन की तलब।

जो पल है,
उसे जी नहीं पाता,
बस बीते कल
की ही करता है
फ़िकर।

पर यही तो इंसान
की खूबी भी है,

गलतियों से सीखकर
फिर संभलता है।

हर मोड़ पे
एक नई राह चुनता है,
गिरकर भी हर
बार चल पड़ता है।

इंसान

इंसान सिर्फ़,
एक नाम नहीं,

एक साँसों में,
बसा अहसास है,

कभी सपनों का,
सौदागर,

तो कभी दर्द का,
इतिहास है,

कभी हँसी से,
दुनिया भर देता,

कभी आँसू से,
आँखें भर देता,

कभी रोशनी की,
मिसाल बनता,

कभी अँधेरों में भी,
डरा देता है,

लड़ता है अपनों से भी,

पर परायों के लिए,
ढाल बन जाता,

अपनी चाहतों के लिए,
खुद को भी भूल जाता,

लोभ, मोह,
ईर्ष्या में उलझा,

फिर भी दया का,
दरिया बन जाता,

इंसान तू मिट्टी भी है,
और सितारा भी,

तेरे भीतर ग़रूर भी है,
तो प्यारा सहारा भी,

तेरी पहचान तेरे कर्म हैं,
वरना नाम तो हर,

किसी का कभी न कभी,
दोहराया ही जाता है

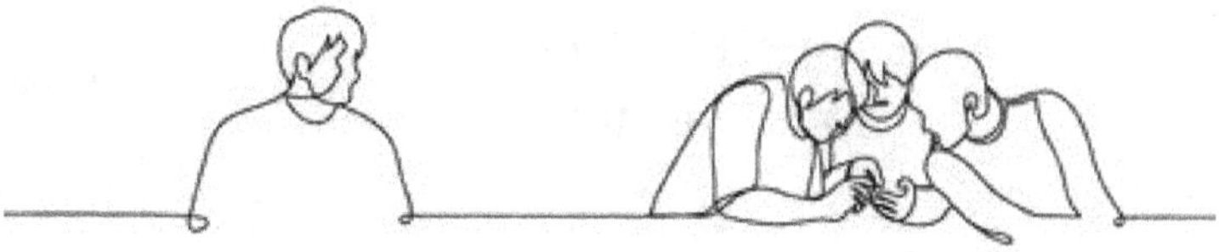

ईर्ष्या

ईर्ष्या की ज्वाला,
मन में जब उठती है,

अपनों की भी ख़ुशियाँ,
काँटों सी चुभती हैं,

दूसरे की सफलता,
क्यों बोझ बन जाती है,

अपना सुख, चैन,
नींद भी हर ले जाती है,

ईर्ष्या से जलते-जलते,
मन काला हो जाता है,

दर्पण में अपना चेहरा भी,
अजनबी नज़र आता है,

जहाँ ईर्ष्या का डेरा है,
वहाँ शांति नहीं ठहरती,

वहाँ प्रसन्नता की बगिया,
सूख-सूखकर बिखरती,

जो ईर्ष्या को त्याग कर,
प्रेम को अपनाता है,

उसका जीवन हीरे सा,
जगमगा जाता है,

मन में विश्वास जगाओ,
अपनी राह चलो,

ईर्ष्या की जंजीरों से,
खुद को आज़ाद करो

उगता सूरज

अंधियारी रात के बाद,
जब उम्मीदें सो जाती हैं,

निराशा की ठंडी छाया में,
मन की लौ बुझ जाती है,

तभी पूरब से एक किरण,
नई आशा का दीप जलाती,

बिखरे मन को जोड़कर फिर,
जीवन का संदेश सुनाती है,
उगता सूरज यही कहता,
हार कर बैठो मत उदास,

हर अंधेरे का अंत निश्चित,
हर ठहराव के बाद है प्रकाश,

जो थककर बैठ गए पथ पर,
उनको उठने की शक्ति दिलाता,

संघर्षों की कठिन राह में भी,
सपनों को सच करना सिखाता,

उगता सूरज प्रेरणा देता,
हर सुबह है नई शुरुआत,

राह कठिन हो फिर भी साहस,
जीत ही होगी हर बार साथ,

इसलिए ओ साथी! मत घबराना,
जब तक सूरज रोज़ उगता है,

तब तक जीवन की हर मुश्किल,
तुझसे भी छोटी ठहरती रहेंगी

उजाला

नजर के सामने,
अँधेरों के साये,
घिर आए फिर,
मन की खिड़की भी,
धुंधलाई सी लगती है,

साँसों में थोड़ी,
ठंडी-सी थकान,

आँखों में सपनों की,
धुंधली सी परछाई भी,

तभी कहीं अचानक,
मन के किसी कोने से,

आशा की एक,
किरण नजरआई,

चुपके चुपके से,
मन को छू गई,
न जाने क्या क्या,
कहा उसने मन में,

पर बुझी उम्मीद की,
पुरानी लौ को मन में,
पूरी तरह से जगा गई,

वो जो उजाला था,
सिर्फ रोशनी न था,

वो तो साहस का,
महान संदेश था,

जो बताना चाहता था,
रात चाहे कितनी भी,
लम्बी और गहरी हो,

सुबह का वादा हमेशा,
सच्चा और पक्का है,

हम सबके भीतर भी,
एक दीपक विद्यमान है,

बस केवल विश्वास की,
बाती को जलाता है,

भंयकर तूफानों में भी,
जो कभी बुझता नहीं,

जिंदगी में वो ही असली,
उजाला कहलाता है

उड़ता रंग

चेहरे पे छाया सन्नाटा,
सूखे पत्तौ से होंठ,
आँखों में उलझन,
होंठ हैं फिर से मौन,
लगता है डर ने
फिर से डराया है

थरथराता चेहरा,
पसीने की धार,
साँसें अटकें,
धड़कन बेज़ार

एक आवाज़,
एक आहट,
एक सवाल,
और उड़ गया
चेहरे का नूर,

कभी शर्म से
कभी ग़लती से,
कभी दूसरों की
क्रूर हँसी से,
डर आता है
मानव कई तरह से,
सपनों के भी ,
गोरखधंधों मे,

भीतर जो तूफ़ान बहे,
चेहरा उसे चुपचाप सहे,
रंग बचे ना भाव दिखे,
मन खुद ही सब,
कुछ आप ही कहे,

तो जब भी देखो कोई
चेहरा सफेद,
पूछो उससे
क्या डर बैठा है
मन के अंदर,

उड़ते रंगों की
ये जो कहानी है,
हर इंसान के
जीवन की वही तो एक
पुरानी निशानी है।

उड़ान

नीले अम्बर की गोदी में,
सपनों ने पंख पसारे हैं,
हौसलों की तपती धरती पर,
अरमानों ने घर वारे हैं,

हर बाँध को तोड़ चला हूँ,
रोक नहीं अब सकता कोई,
दूर गगन की सीमा से भी,
ऊँची मेरी सोच हुई,

पिंजरे के पंछी अब उड़े,
ख्वाब नहीं अब डर है बस,
जिन राहों पर काँटे थे कल,
आज वहीं पर नर्तन रस,

उड़ान है ये मन की मेरी,
नभ को छू लेने की प्यासी,

हर गिरने में इक सीख छुपी,
हर हार मुझे दे प्रेरणा सी,

चलो उड़ चलें नये सवेर तक,
जहाँ न सीमाएँ बाँध सकें,
अपने पंखों की ताकत से,
खुद अपनी किस्मत आँक सकें,

उतार-चढ़ाव

कभी धूप सी
तपिश मिलगी,
कभी छाँव सी
राहत होगी,

कभी मुस्कानें
साथ निभाइगी,
कभी आँखें
भीग सी जायेगी,

सपनों के पंख
लगाकर कभी
ऊँचाइयों तक
उड़ते जायेगें

फिर अचानक
कोई आँधी,
ज़मीन पे
ला गिरायेगी,

कभी लोग
तालियाँ बजायेगें
कभी कभी तंज़ भी,
कसे जायेगें,

हर मोड़ पर इक
सीख मिलेगी,
चाहे अपने भी
अनजाने लगेंगे

पर यही तो है
ज़िंदगी का रंग,
ना सब कुछ सरल,
ना सब कुछ तंग,
हर उतार के बाद
चढ़ाव भी आयेगा,
हर रात के बाद
सवेरा मुस्कुरायेगा,

चलते रहो,
न थको कभी,
हर गिरावट में छुपा है
सबक सही,

क्योंकि यही
उतार-चढ़ाव की राहें,
सबको बनाती हैं
मजबूत इंसान कहीं।

कोशिशें

चल पड़ो बेझिझक,
अन्जानी राहों पर,
रास्ते में हों चाहे,
फूल या शूल,

हर अन्जान मोड़ पर
सीखने को मिलता है,
जीवन को जीने का,
असली उसूल,

गिरोगे कई बार ज़मीन पर,
हिम्मत भी टूटेगी कई बार,
पर कोशिश करते रहने से,
हर बार मिलता है जवाब,

थकान भी आयेगी
मन में निराशा भी
कई बार टटोलेगी,
मगर उम्मीदों की लौ,
हर बार संभालती है

कोशिशें ही तो हैं जो,
सपनों को रचती हैं,
असंभव को भी संभव,
मगर धीरे-धीरे करती हैं।

ना रुकूंना, ना झुकूंना,
चाहे लाखों,
मुश्किलें हों राहों में,
हर कोशिश एक दीपक है,
जो ले जाती है अन्तताः,
सफलता की ओर

उपासना

मन के हर कोने में,
ज्योति प्रज्वलित हो,

प्रेम और विश्वास से,
अंधकार विलीन हो,

नभ से झरते हैं,
भक्ति के सुंदर सुर,

हर नर के हर श्वास में,
गूंजता है बस तेरा नाम ,

कर जोड़ें ,
नेत्र मूँद लूँ,
हृदय में तेरा
आलय बना लूँ।

ना धन की कामना,
ना वैभव का स्वप्न,
बस चरणों में मिले
शांति का अमृत।
उपासना है

मन का समर्पण,
आत्मा का मिलन
उस परम सत्य से।

उम्मीदें

धनेअंधेरों में के बीच भी जब,
रौशनी की इक हल्की सी,
किरण नज़र आये,

मन में बस एक छोटी सी,
उम्मीद सी जग जाये,
टूटते हुये तारों से भी,
मांगी जाये यही दुआ,
कि हर रात के बाद,
हमेशा नई सुबह आये,

सूखे हुए फूलों में भी
बेवजह खुशबू ढूँढी,
बिखरी हुई राहों में
अपनी मंज़िल ढूढीं,
बचपन के खिलौनों में
आज के सपने ढूढे,

उम्मीदों ने हर ज़ख़्म को
चुपचाप देखा और सहा,

बेमौसम बरसातों ने
डराया बहुत बार,
पर इंद्रधनुष ने फिर से,
उसमे सुकून भर दिया,
हर ठोकर ने सिखाया,
गिरना बुरा बात नहीं,
हर बार उम्मीद ने कहा
रुकना तेरा नसीब नहीं,

ये उम्मीदों की
उम्मीद ही तो हैं
जो इंसान को,
हर हालात में,
जीना सिखाती हैं,

हर गिरती दीवार में
उम्मीद ही तो इंसान को,
बाहर निकलने का
रास्ता दिखाती हैं

जब सारी दुनिया कहे,
अब कुछ नहीं बचा",
उस समय उम्मीद ही तो
उम्मीद दिलाती हैं कि
अभी सब कुछ बाकी है

उस पार

लहरों के उस पार,
एक बहुत ही सुंदर,
मौन सा किनारा है,

जहाँ न तो कोई भी,
नाव डगमगाती है,
न ही उसके पाल,
कभी तेज हवा की,
वजह से फटते हैं,

वहाँ चलने वाली,
तेज सर्द हवाएँ भी,

थक कर आराम,
करने की नीयत से,
धीरे धीरे चलती हैं,

और समय की सुई,
समुद्री रेत की तरह,
हथेलियों में चिपक,
धीरे से फिसलती है,

उस पार न किसी,
तरह का सवाल है,
न ही कोई जवाब,

बस आँखों में भरे,
सपनों की हल्की सी,
मंद खिलती धूप है,
जो गहरी छाँव में भी,
उजाला कर देती है,

पर न जाने फिर भी,
हमेशा क्यों सब लोग,
इस पार की कंटीली,
और उलझी राहों में,
कदम बढ़ाते रहते हैं,

शायदउस पार,
पहुँचने कीसच्ची,
तमन्ना यात्रा में ही,
कही छुपी हुई है,

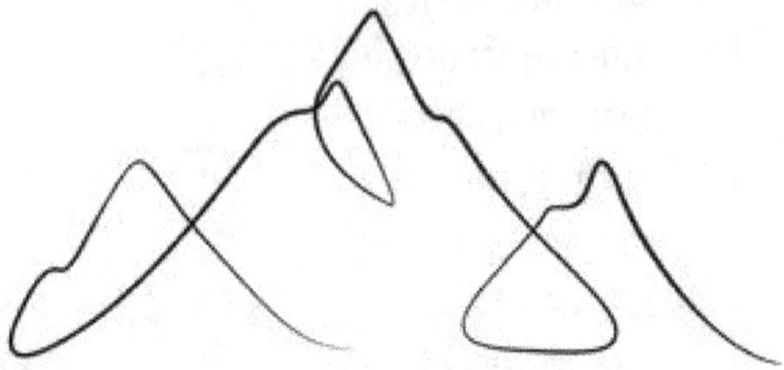

ऊँचाइयाँ

ऊँचाइयाँ
पर्वतों की भी होती हैं
और मन की भी,

मगर मन की ऊँचाई ,
हमेशा पर्वत की
 ऊँचाई से भी
 ऊँची होती है

ऊँचाइयाँ कभी पर्वत सी
कभी अधूरी चाहतें,
कभीअधूरे ख्वाब,
और कभी कभी तो
अधूरे सपनों की लंबी सी,
बारात लगती हैं,

चलने लगते है तो,
कदम डगमगाते हैं

देखते हैं जब भी,
कभी आसमान की,
उँचाइयों की तरफ,
तो ठोकर खा कर
धरती पर
गिर भी सकते हैं

पर हर ठोकर ने
यही सिखाती है
कि उड़ान हमेशा,
पंखों से नहीं,
हौसलों से होती है।

रास्ते टेढ़े भी हो,
सकते हैं और ,
सूनसान भी,

मगर दिल में
जलता एक दीपक,
हमेशा ही जलता रहता है,
हर अंधेरे में
उम्मीद की लौ
बनकर।

अब जब पहुँचे,
ऊँचाइयों तक,
तो महसूस होता है,
सफ़र ही था
असली शिखर।

क्योंकि ऊँचाइयाँ,
तो बस एक बिंदु हैं
पर चढ़ाई
वो तो मन की
हिम्मत और साहस
और आत्मा की एक,
कडी परीक्षा है।

एहसास

एहसास एक ऐसी लौ है,
जो हमेशा से दिल की
गहराइयों में जलती है,

बिन बोले भी जो कह दे,
वो हर उस खामोशी में
लगातार ढलती रहती है।

कभी बारिश की
पहली बूँद में,

कभी बिछड़ते
पलों की तन्हाई में,

कभी किसी
अनजाने से डर में,
कभी अपनेपन की
रुसवाई में।

एहसास है
प्रेम की वो धड़कन,

जो दूर रहकर भी
पास कराती,

एहसास है
जुदाई का वो दर्द,

जो आँखों में
समंदर भर लाती।

कभी यह
रिश्तों को संवारता है,
कभी यही
रिश्तों को तोड़ जाता,

कभी यह
नई राहें दिखा देता है,

कभी अंधेरों में
अकेला छोड़ जाता है।

पर सच तो यही है
एहसास ही
जीवन की आत्मा है,

सच्ची प्रार्थना है,
इंसान का परिचय है,
और सबसे बड़ा सत्य है।

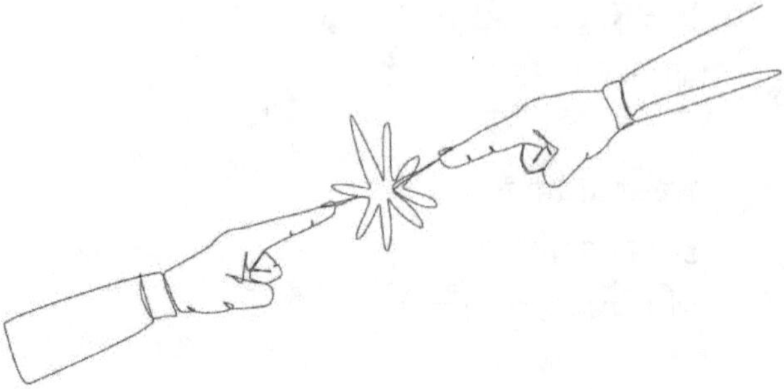

कलह

हर मोड़ पे
इक जंग है चलती,
कभी भीतर,
कभी बाहर पलती।
सपनों की राहें
कांटों से भरी
,पर उम्मीद की
लौ ना कभी डरी।

ठोकरें खाकर भी
जो उठता है,
अंधेरों में भी जो
सच्चा रस्ता बुनता है
, वही बनता है
किस्मत का लेखक,
जो हर दर्द को
बनाता है रेख।
थकान भी कहे, "

अब रुक जा",
पर दिल बोले, "
बस एक कदम और जा"।
संघर्ष ही
जीवन का गहना है,
जो इसे जीता,
वही बहना है।

हर आँसू में छिपी
होती है चमक,
हर हार में होती है
जीत की झलक

संघर्ष से मत डर,
उसे अपना बना,
क्योंकि इसी से तो
बनता है इक सपना।

कवि

कवि का हर शब्द अनमोल,
बन जाए समाज का बोल,

दर्द जगाता, चेतना भरता,
अंधियारे में दीपक जलाता,

सच की ताक़त, शब्दों में है,
परिवर्तन की ताकत लहरों में है,

अच्छाई को दे पूरा सम्मान,
कमज़ोरी का करे पूर्ण निदान,

कवि की वाणी, कवि की धार,
बनती है जन-जन का आधार

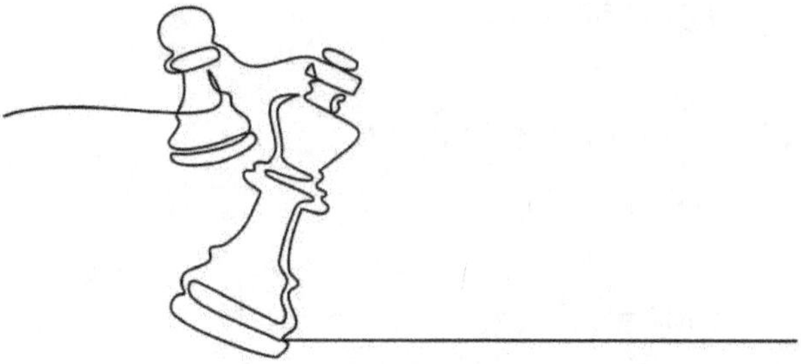

काला–सफेद

काला और सफेद,
बस दो रंग नहीं,

जीवन की पूरी कहानी हैं,
काला— जहाँ अंधेरा है,

भय है, अनजाने प्रश्न हैं,
और एक गहरी खामोशी,

जिसमें दबा है, मनुष्य का संघर्ष,
सफेद—जहाँ उजाला है,

विश्वास है,
सपनों की मुस्कान है,
और एक निर्मल शांति,
जिसमें छुपी है ,
आत्मा की सच्चाई,

काला सिखाता है,
हर गिरावट में उठना,

अंधकार में राह ढूँढना,
सफेद सिखाता है,

हर विजय में विनम्र रहना,
सादगी में सुंदरता देखना,

जीवन इन दोनों के
बीच झूलता रहता है
कभी पूरी तरह,
काला नहीं,

कभी बिल्कुल
सफेद नहीं,
असल रंग तो वही है,
जो इन दोनों के बीच,

मानव का मन भर देता है,
आशा और, अनुभव की छटा से

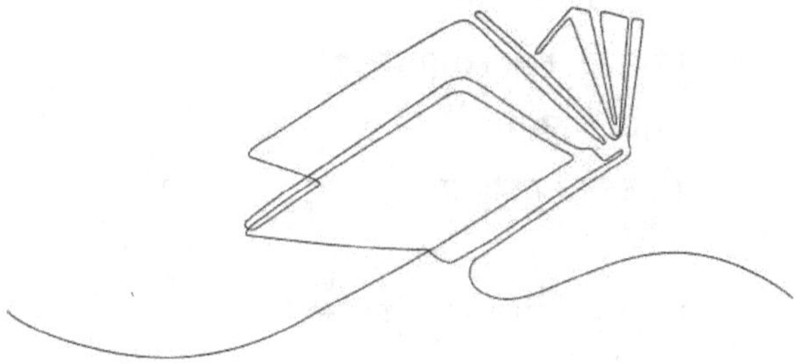

किताबें

पहले लायब्रेरी में
लगी रहती थीं शेल्फ़ पर,
किताबें बड़े नाज़ से,
अब धूल में लिपटी हैं,
ख़ामोश अंदाज में,

कभी छूती थीं उँगलियाँ
बडे़ ही प्यार से,
किताबों के पन्नों को,
अब पड़ी रहती हैं अकेली,
भूले हुये सपनों की तरह,

हर शब्द में था जादू,
हर किताब में रौशनी,
अब चुपचाप पडी हैं ऐसे,
जैसे सो गई हों इंतजार में,

कभी बहसें छेड़ती थीं,
कभी दिल बहलाती थीं,
आज अलमारी में बंद,
सिर्फ़ दीमक ही पाती हैं

वो कहानियाँ जो जीती थीं
सांसों में, अब सिसकती हैं
बंद किताबों की आँखों में।
मत पूछो किताबों का दर्द,

वो बस फिर से पढ़े जाने के,
इंतज़ार में आस लगाये हैं,
मगर इंतजार इतना लम्बा है,
कि खत्म होने का नाम ही,
नहीं ले रहा कई सदियों से,

क़िश्तें

हर सुबह कोरियर,
वाले की दस्तक,

या मोबाइल पर,
बैंक का संदेश,

मानो याद दिलाता हो,
कि सपनों की कीमत,

क़िश्तों में सालों तक,
चुकानी पड़ती है,

घर की चार दीवारें,
तो अब अपनी हैं,

पर उन पर चित्रित है,
अदायगी की परछाईं,

अब छत तो सिर पर है,
पर उसका हर कोना,
अभी भी बंधक है,
किश्तों के काग़ज़ों में,

तनख़्वाह आते ही,
पहला हक़ वे ले लेते हैं,
जिन्होंने हमें कल का,
सुख आज दे दिया है,

और हम बची हुई,
रक़म मेंआज को,
मन मार मार कर,
किसी तरह गुज़ारते हैं,

कभी तो लगता है,
ये क़िश्तें सिर्फ़ कुछ,
रुपयों की ही नहीं,
ज़िंदगी के पलों की भी हैं
जो धीरे-धीरे घटते हैं,

जैसे किसी पुराने,
कैलेंडर के पन्ने धीरे से,
फाड़े जा रहे हों,
फिर भी, हर महीने

जब एक और महीने की,
क़िश्त कम होती है,

मन में एक छोटा-सा,
जश्न जरूर होता है,

कि मंज़िल भले ही दूर हो,

पर हम उसकी ओर,
क़दम दर कदम बढ़ रहे हैं,
आत्म विश्वास के साथ,

कुदरत के रंग

कुदरत के रंग कितने निराले,
कभी धूप, कभी छाँव वाले,
नीला गगन, सफ़ेद बादल,
हरियाली में खिलते जंगल,

सुबह की लालिमा सूरज की,
चांद की बिखरी चाँदनी रात की,
तारों की झिलमिल में छुपे,
सपने बुनते बुनते रह गये,

नदी का मंद मंद बहना,
लहरों का संगीतमय गाना,
पंछियों का मधुर तराना,
फूलों की सुंदर सी खुशबू,
बगिया का मनभावन श्रृंगार,

धरती का है ये अद्भुत उपहार,
पर्वत की ऊँचाई में गर्व ,
सागर की गहराई में भाव ,
रेगिस्तान की रेत मनोहारी,

और खेतों की फसल सुनहरी,
कुदरत ने हर रंग भरे हैं,
जीवन के हर संग धरे हैं,

बस इन्हें देखना सीख लो ,
इनमें ही भगवान बसे हैं

कोशिश

चलो हिम्मत करो
फिर से डटकर और
शान से उठ खड़े हो,

बिखरे और टूटे हुए
सपनों को जोड़ो,

ड़गमगाते हुए अपने
कदमों को सँभालो,

राह में आने वाली,
मुश्किलों को मोडो,

हर घना अँधियारा
हमेशा टिक नहीं पाता,

रोशनी के लिये दीप
तो जलाना ही होता है,

इंसान की हार कोई
आख़िरी सच नहीं,

अपनी जीत के लिए
बार-बार खुद को तो
अज़माना ही पड़ता है,

शरीरिल थकान भले ही,
तुम्हारे तन को रोक ले,

मगर अपने मन को किसी ,
भी हालत में हारने मत देना,

गिर गिर कर भी
चलना सीख लो,

मंज़िल को अपनी
नजरों से कभी भी
ओझल मत करना,

कोशिश करने
वालों की हार कहाँ,

राहें खुद-ब-खुद
सहज बन जाती हैं,

जो धैर्य और साहस
अपने साथ रखते हैं,

उनकी मंज़िलें हमेशा,
उनके कदम चूमती हैं

खोना और पाना

खो दिया कुछ वक्त के साथ,
कुछ सपने, कुछ मीठी बातें,
हाथों से रेत-सा फिसल गये,
जो नजदीकी रिश्ते थे कभी अपने,

पाया भी बहुत इस जीवन में,
सबक, समझ और प्रेम बंधन में,
जो गया, उसने राह दिखाई,
जो मिला, उसने आशा जगाई,

खोने से सीखा सहना कैसे,
अंधेरों में दीपक गढ़ना जैसे,
पाने से जाना मूल्य क्या है,
हर क्षण में जीवन व्यर्थ न जाए,

खोया अगर, तो रोना नहीं,
पाया अगर, तो खोना सही,

ये जीवन है इक पल का मेला,
कभी सुखद, कभी बहुत अकेला,

खोना-पाना तो रीत है दुनिया की,
सच्ची कमाई तो है अपनी जीत की,

ख्वाहिशें

हर इक इंसान की,
अपनी जिंदगी में,
कुछ हसरतें और,
ख्वाहिशें हमेशा,
और जरूर होती हैं,

मगर पूरी होती हैं
सिर्फ कुछ गिने चुने,
किस्मती इसांनो की ही,

बाकी बचे सभी लोग तो,
अपनी पूरी जिंदगी बस,
गुजार देते हैं उन हसरतों
और ख्वाहिशों को पूरा,
करने की कोशिश में ही,

और आखिरकार ,
थक हार कर,

अपना मन मार कर,
अपनी जिंदगी,
यूं ही गुजार देते हैं,

इस उम्मीद में कि,
कभी उनका भी,
अच्छा समय आयेगा,
और उनकी भी ख़्वाहिशें
और हसरतें आखिर में
जरूर पूरी होंगी,

चमकते सितारे

आकाश के,
अनंत सागर में,

ये सितारे बस,
चमकते नहीं,

बल्कि जीवन का,
राज़ सुनाते हैं,

वे कहते हैं
जीवन भी
आकाश की तरह है,

जहाँ अंधकार,
अनिवार्य है,

परंतु रोशनी भी,
उसी का हिस्सा,

सितारे हमें,
समझाते हैं,

कि छोटा-सा,
अस्तित्व भी,
अनंत आकाश में,
मायने रखता है,

हम चाहे कितने ही,
नगण्य क्यों न हों,

पर हमारी चमक,

किसी की राह,
दिखा सकती है,

जो टूटते हैं,
वो मिटते नहीं,

बल्कि दुआओं में
उतरकर किसी के सपनों का
आधार बन जाते हैं,

सितारे सिखाते हैं
अंधकार से डरना नहीं,
बल्कि उसी में
रोशनी गढ़नी है,
जैसे कठिनाई में धैर्य,

और निराशा में उम्मीद ,
हर सितारा गवाही है,
कि संघर्ष के बीच भी
चमकना संभव है,
इसलिए— जब जीवन,
अंधकारमय लगे,

आसमान की,
ओर देखना,
और याद करना,
तुम्हारे भीतर भी,
एक सितारा छिपा है,

जो बस चमकने की
प्रतीक्षा कर रहा है,

चमत्कार

जब उम्मीदें
सारी टूट चली,

और राहें भी
सब छूट चली,

जब मन का
दीपक बुझने लगा,

और मन का हर कोना
सूना सूना लगने लगा,

तभी कहीं से अचानक
एक स्वर्णिम किरण आई,

जैसे घनी छाये बदली में
बिजली समाई,

सूखी धरती पर
वर्षा बनी,

नवजीवन की
फिर आशा बनी।

जहाँ न था कुछ भी
सम्भव दिखता,

वहाँ चमत्कार
अचानक झिलमिलता,

मन के विश्वास की
शक्ति यही,

जो असम्भव को
सम्भव करती सही।

ईश्वर की लीला,
प्रकृति का सार,

हर साँस में छिपा है
चमत्कार।

बस आँखें खोल कर
देखना सीख,

हर क्षण में है
कोई अनोखा संगीत।

जंजीर

मन की उड़ानें थम जाती हैं,
जब चाहतों पे बंदिशें लग जाती हैं।
ख़्वाबों की राहें मुड़ जाती हैं,
जब ज़िंदगी जंजीर पहन जाती है।

हर क़दम पर सवालों की भीड़,
हर सोच पर शंका की नींव
दिल की पुकारें अनसुनी रह जाती,
आज़ादी भी घुट कर रह जाती।

चाहे रिश्तों की मजबूरी हो,
या समाज की कठोर डोरी हो
हर जंजीर का अपना सच है,
हर बेबसी की अपनी वजह है।

पर हर जंजीर पिघल भी सकती है,
इच्छाशक्ति से चल भी सकती है
बस एक हिम्मत, एक आस चाहिए,
ख़ुद को पाने का एहसास चाहिए।

तोड़ दो वो ज़ंजीरें जो रोकती हैं,
हर सपने की रोशनी जो छीनती हैं,
क्योंकि जहाँ हौसला संग चलता है,
हर जंजीर वहीं पिघल जाता है।

जन्नत

ख़्वाबों के शहर में
बसी है कहानी,
जहाँ हर कली में
छुपी है रवानी
बहे नदियाँ जैसे
गीतों की लय,
हर ज़र्रा सुनाए
अमन की दुआएँ।

न धुआँ वहाँ है,
न चीखें कोई,
हर साँस में बसती है

ख़ुशबू नई
मिलें दिल से दिल,
न हो कोई फ़ासला,
हर लफ़्ज़ में बरसे
मोहब्बत का काफ़िला।

जहाँ सूरज भी
शर्म से झुका है,
चाँदनी ने चुपके से
रस्ता रखा है
हर आंख में सपना,
हर दिल में नूर,
वो धरती, वो अम्बर है
सुकून का दौर।

पर शायद ये जन्नत है
दिलों की बात,
जहाँ हर दुख को
मिल जाए राहत
अगर हम चलें
नेकियों की राह,

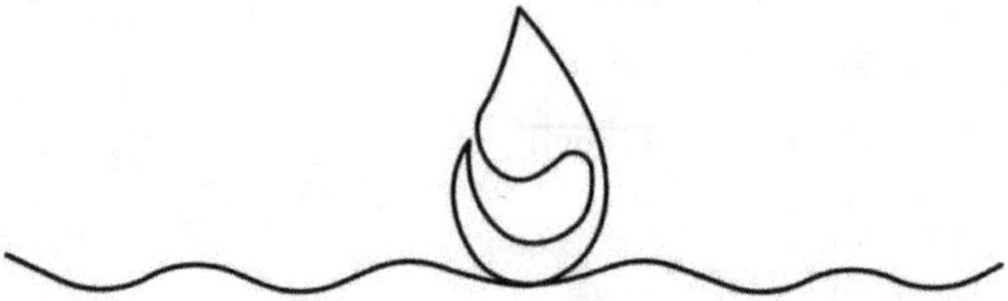

जल और जीवन

नीला आसमान छूता,
धरती का गहना,
हर बूँद में बसा है
जीवन का सपना।

निर्झरिनी बहती,
नदियाँ गाती,
जल बिना जीवन
सूना हो जाता।

पहाड़ों से झरता
अमृत समान,
खेतों को देता
हरियाली का वरदान

प्यासे होंठों की
पहली दुआ,
जीवन का पहला

मधुर स्वरूप
जल स्वयं खुदा।

तालाबों में अक्स
दिखाता है चाँद,
समुद्र की लहरों में
गाता है गीत अनंत
बूँद-बूँद से बनती है

सृष्टि की शान,
संभालो इसे,
यही है
जीवन की जान।
यदि न बचेगा जल,
न रहेंगे हम,
बंजर होगी धरती,
थम जाएगा हर ग़म।
आओ करें प्रण,
जल को बचाएँ,
जीवन की इस
अमूल्य निधि को
हम संजोएँ।

जलन

मन में उठे जलन की लहर,
दूसरे की ख़ुशी बने कहर।,
जो पाया उसने मेहनत से,
क्यों काँटे बन गए नज़र के सफ़र,

हर मुस्कान लगे दिखावा,
हर सफलता जैसे छलावा,
अपने भीतर झाँक न पाएं,
औरों की रौशनी में बुझ जाएं,

ईर्ष्या एक जहर है धीमा,
जो करता आत्मा को क्षीण,
ना चैन, ना सुख, ना सपना,
बस दूसरों की दौलत का गिन,

क्यों न देखें अपनी राह,
क्यों न सहेजें अपने चाह

जो मिला हमें, बहुत कुछ है,
हर मन में है कोई आह,

छोड़ें तुलना की जंजीरें,
खुद से करें प्यार की पीरें,
जब अपने भीतर शांति होगी,
तभी सच्ची ख़ुशी की जीत होगी,

जिंदादिली

इंसान की अपनी,
जिंदगी की राह में,
काँटे भी होंगे,
कुछ दर्द पुराने,
कुछ किस्से नए होंगे,

मगर जो मुस्कुरा के,
चल दे हर मोड़ पर,
वही तो असल में,
जिंदादिल होंगें,

ना शिकवा किसी से,
ना अफसोस का भार,
हर सुबह को समझे,
जैसे ईश्वर का उपहार,

गिरते हैं, संभलते हैं,
फिर भी न हार मानी,
इनके जिंदादिल,
हौसलों की कहानी है,
जानी-पहचानी,

हर लम्हा जिया,
ना कल का डर,
ना फिक्र कोई,
ना मन में जहर,
जो दिल से जीते हैं,

खुल कर हँसते हैं,
जिंदगी के रंगों में,
हर पल बसते हैं,
जिंदादिली कोई
कभी भी,
हालात की,
मोहताज नहीं,

ये तो एक सोच है,
कोई आवाज नहीं,
जिसने सीख लिया,

हर हाल में मुस्कराना,
उसने ही पा लिया है,
जीने का खजाना,

ज़िन्दगी की जंग

ज़िन्दगी कट रही थी,
बहुत ही आराम से,
मगर इक मोड़ पर,
गिर पड़ी धड़ाम से।

और फिर कुछ इस तरह से,
गिरी कि,
उठना चाहकर भी,
कभी उठ ही नहीं पाई,
ठीक से और आराम से।

लगता है शायद,
उसने ना उठने की,

जिद ही पकड़ ली है,
और कसम खाई है,

हमें परेशान करने की,
पर हम भी ठहरे जिद्दी,

ना हार मानने वाले,
अंधेरों में भी ढूंढ लिए,

हमने राह दिखाने वाले,
गिराया हज़ार बार सही,

पर हर बार संभल गए,
ठोकरों ने सिखाया इतना,

कि पत्थरों पे भी चल गए,
आंधियाँ हमें रोक न पाईं,

आंधी तूफ़ान झुका न पाए,
हमारे हौसले इतने बुलंद है,

कि पहाड़ भी रोक नहीं पाये,
ज़िन्दगी का नाम ही,
अगर दुनिया से जंग है तो,
हम ये जंग जरूर जीतेंगे,
हार से कुछ पल के,
लिये दोस्ती करके भी,

हर पल मुस्कुराएंगे,
कदम रुकेंगे नहीं कभी,

चाहे राहें कठिन ही हों,
हम वो हिम्मती इंसान हैं,

जो हर तरह और हाल में,
मंजिल पर जरूर पहुंचंगे,

ज़िन्दगी हमें चाहे,
जितना भी आज़माए,

हम हमेशा हिम्मत से,
मिलकर साथ निभाएँगे,

जो गिरकर भी जल्दी से
उठ कर खडें हो जाये,

वो शूरवीर और पराक्रमी,
इंसान हमेशा कहलायेंगे,

जीने की कला

इंसान की जिंदगी में,
जीवन कभी भी
थमा नहीं करता,

हर पल, हर क्षण
निकलता है
नया सूरज और
नई धूप कहीं,

जो सीख गया,
गिरकर संभलना,
वही जानता है
सच में चलना,

हर अंधेरे में कहीं
छुपा है उजाला,

हर संघर्ष में है
सफलता का दौर,

रास्ते हों कठिन,
फिर भी चलते रहो,
दीपक की लौ की,
तरह जलते रहो,

हार मत मानो कभी,
ये वक्त है शिक्षक,
दर्द से ही बनता है
आत्मा का रक्षक,

जो तूफानों से
दोस्ती कर लेता है,
वही जीवन में
दीपक बन जलता है,

जीना है तो जिंदगी में ,
लक्ष्य बड़ा बनाओ,
और उसको
पाने के लिये,
अपनी पूरी
जान लगाओ,

तू खुद में अपार
शक्ति का स्रोत है,
हर धड़कन तुझमें
प्रोत्साहन का बोध है,

जीने की कला है
गिरकर उठते रहना,
हर ठोकर से
कुछ सीखते रहना,

जो खुद पर रखे
अडिग विश्वास,
उसका जीवन
बनता है खास।

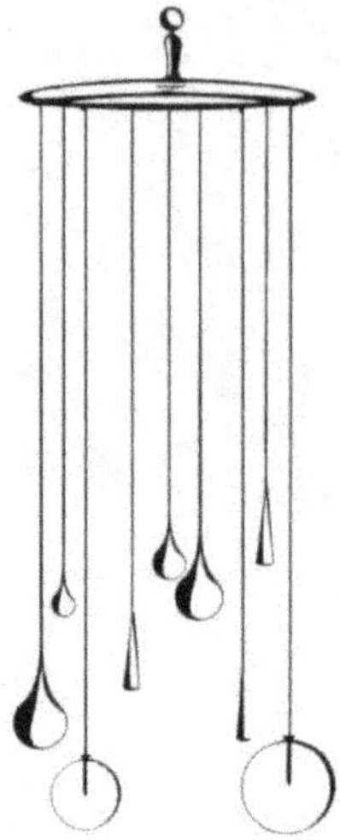

झंकार

झरनों की मधुर तान में,
बजती कोई नई रागिनी,
पत्तों की सरसराहट में,

जैसे बंसी की कहानी,
भोर की पहली किरणों से,

फूटे सुरों की फिर झंकार,
हर कली, हर शाख कहे,
"जागो, प्रकृति करती है,
साक्षात् बार बार सत्कार!"

नदियाँ गाती हैं गीत नये,
पवन सुनाती है रसधार,

अंबर पर चिड़ियों की टोली,
करती है संगीत फिर साकार,

बादल की ढोलक बजती है,
बिजली की दमदार झंकार,

धरती की छाती पर जैसे,
गाते हों ऋतुओं के त्यौहार,

झंकार है हर फूल में छिपी,
जिससे बगिया महक उठे,
झंकार है उस चाँदनी में,
जो तम को चीर चमक उठे,
प्रकृति नहीं बस दृश्य मात्र,

यह जीवों की मधुर सरगम है,
हर क्षण,हर पल,हर समय,
हर मौसम में,
प्रकृति की,
बिल्कुल नयी सरगम है,

इस झंकार को सुनो,
मौन हृदय के द्वार से,
प्रकृति पुकारे हरदम,
प्रेम से सब जनों को,
अपने स्नेह-संसार से,

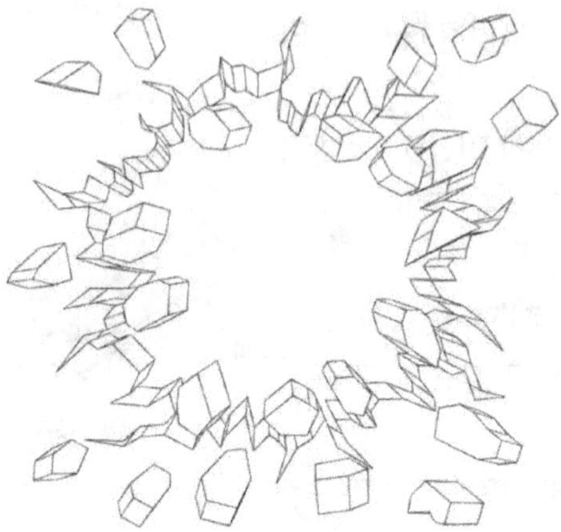

टूटती दीवारें

टूटे ख्वाबों की कुछ ईंटें,
सपनों की चुप्पी को लाती हैं।
आधे सच और आधे भ्रम,
चुपचाप कहानी कह जाती हैं।

कभी था इरादा बुलंदियों का,
हर कोना जज़्बे से भरा।
पर वक्त ने रखी दरारें,
हर कोशिश को आधा किया।

सीमेंट में घुलते थे सपने,
रेत में उलझे कुछ अरमान।
किस्मत की आँधी जो आई,
रह गए बिखरे सब समाधान।
सहारा था कुछ उम्मीदों का,

जो छत बनकर जुड़ न सकी
कहानी जो पूरी होनी थी,
दीवार वही खड़ी न रही।

हर ईंट पर हैं ठहरी आहें,
हर दरार में भटकी पुकार
फिर भी ये दीवार ज़िंदा है,
आस लिए एक नया आकार।

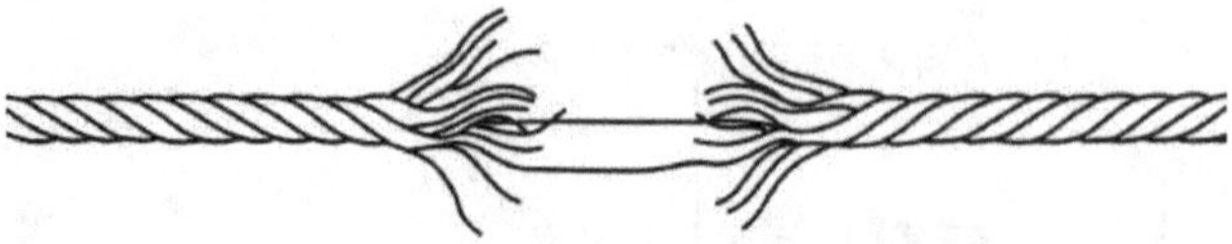

टूटन

आहत होकर हर,
कोई चिल्लाता है,
समझ नहीं पाता,
कुछ भी पर,

उसके भीतर कुछ,
टूटता है चुपचाप,

ना तो स्वर निकलता,
ना होता कोई प्रतिवाद,

मन की दीवारों,
पर जो लिखा था,

वो सब शब्द हुए,
अब केवल आघात,

नयन सूने,
पथ धुँधले हैं,
भाव शेष पर,
अर्थ विकल हैं,

जो अटूट विश्वास,
पलकों पर था कल,

वह बस केवल एक,
प्रश्नचिन्ह बन गया है,

कोई समझ न सका,
मौन की पुकार,

हृदय के कोने में,
छुपा हुआ संहार,

आहत होकर भी,
कोई विकल नहीं,

संघर्ष अब भी,
कहीं जीवित सही,

टूटे सपनों की किरचों से

,

कोई नई राह गढ़नी है ,
आहत होकर भी थमा नहीं,

इस मर्मांतक पीड़ा से भी,
कोई नई रचना करनी है,

ठिकाना

हर मोड़ पर एक किस्सा लिखा,
हर गली में कोई सपना बसा
कभी दरख़्त की छाँव में ठहरे,
कभी हवाओं में दिल को कहे।

मिट्टी में बसी पहचान कहीं,
आँगन में अब भी खिलती नमी
दरवाज़े पर वो टकटकी लगी
जैसे कोई यादें वहीं रुकी।

कभी सफर में राहों का साथी,
कभी सन्नाटे में चुप सी बाती
ढूंढता है मन वो एक कोना,
जहाँ मिले सुकून का ठिकाना।

न छत बड़ी, न दीवार ऊँची,
बस चार लम्हों की खुशबू सजी
जहाँ हँसी गूंजे बेपरवाह,
वहीं है मेरा असली गवाह

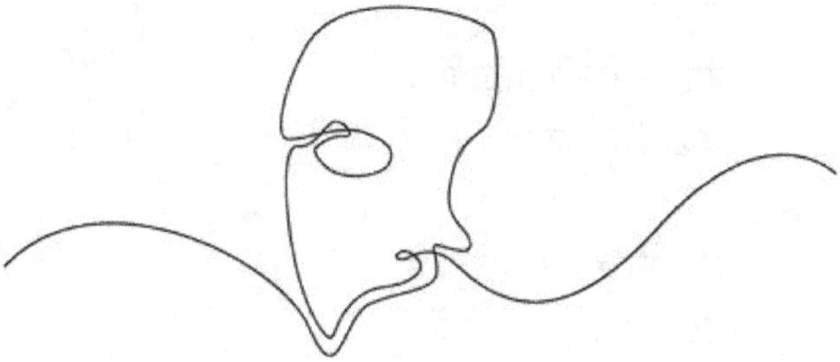

डर

इंसान के मन के
अंदर कहीं कोई
एक कोना है खाली,
जहाँ बसता है डर,

न कोई गाली,
न कोई ताली
ना दिखता है,
ना सुनाई देता है,

पर हर सोच के,
पीछे से झांककर,
चुपचाप डराता है,

हर निर्णय में
उसका हस्तक्षेप,
हर चाहत में उसकी
एक धुंधली रेख।

सपनों को रोक दे,
उड़ानों को काट दे,
अहसासों की मिट्टी में
धीरे-धीरे बांट दे।

फिर भी इंसान चलता है,
टूटता नहीं, ङरता नहीं,
ङर को भी साथी मान,
चलता है रुकता नहीं,

क्योंकि जहां पर ङर है,
वहीं है साहस का जन्म,
असल में वहीं से शुरू,
होती है इंसान की,

हिम्मत और आत्मा की
अग्निपरीक्षा प्रारंभ,
ङर से ना ङरकर,

आगे ही बढते रहना,
अपनी मंजिल की ओर,
बिना पीछे मुङे और,
देखे बिना चुपचाप,

ढलता सूरज

ढलता सूरज
ये दर्शाता है,

कि हार में ही
कहीं ना कहीं
आने वाली
जीत का
रहस्य छिपा
रहता है।

जब दिन ढलकर
अंधेरा घेर लेता है,

तभी नई सुबह के
उजाले का संदेश
नया सवेरा देता है।
रुकना अंत नहीं है,

बल्कि ठहराव से ही
सदा शक्ति मिलती है,

हर डूबती किरण
संदेश देती है,

कि कल फिर से
नई चमक आयेगी।

जैसे सूरज हमेशा
ढलकर भी रोजाना

सवेरे फेर से आने की
फिर से ठान लेता है,
इंसान को भी,
हर मुश्किल में
हौसला बनाकर
मन में ठान लेना है

कि सही वक्त पर
जीत जरूर होगी
डूबता सूरज हर बार,

नई ऊर्जा से
इंसान के लिये
संदेश लाता है,
मत घबरा अंधेरों से,
रोशनी जाकर फिर से
हमेशा लौट आती है।

तन्हाई

भीड़ में रहकर भी
ख़ामोश सा क्यों है,
हर बात कहकर भी
अनकहा सा क्यों है,

साए तो बहुत हैं,
पर रौशनी नहीं,
इस दिल के शहर में,
अब कोई भी नहीं है,

दीवारें बातें नहीं करतीं,
छत भी चुप चाप है,
और दरवाज़ा भी,
सहमा सहमा सा है,
एक कुर्सी पर बैठकर
बस खुद से ही,
बातें करता है वो,

ख़ुद को ही सुनता है,
ख़ुद से ही डरता है,
वो लम्हे जब कोई पास था,
पास होने का एहसास था ,
जो हर साँस में खास था।

अब तो आवाज़ें भी
अजनबी लगती हैं,
और ख़ामोशियाँ भी
सुलगती सी लगती हैं,

खिड़की से झाँकता है,
रोज़ कोई उम्मीद लिए,
पर लौट कर आता है,
सूनी सूनी आँखें लिये,

ज़िंदगी बस अब एक,
किताब सी लगती है,
जिसके पन्नों में नाम तो है ,
पर चेहरा कोई भी नहीं,

अकेलापन जिंदगी में,
साया है या कोई सज़ा है,
साथ रहता है हर वक्त,
पर देता नहीं कोई दवा है,

शायद यही सच है, और

यही आज और कल है,
अकेलेपन में ही शायद,
अब ज़िंदगी की जीत है।

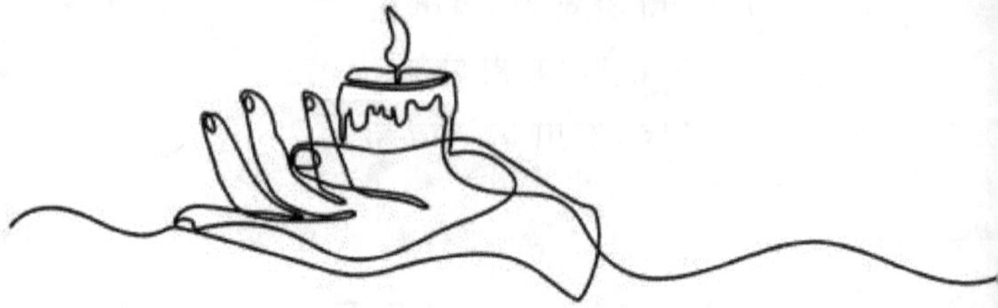

तम

अंधेरा छा गया नभ में,
सितारे खो गए हैं,
हर साया जैसे मौन हो,
उजाले सो गए हैं।

नदी की धार भी ठहर गई,
जैसे कोई बात कहे,
पत्तों की सरसराहट में,
छुपे हैं दुख के सहे।

दीये की लौ काँप रही है,
जैसे डरती हो कुछ कहने से,
हर दिशा गूंगी बन बैठी है,
भयभीत किसी स्पर्श से।

पर अंधेरा सिर्फ डर नहीं है,
ये एक इंतज़ार भी है,
भोर की पहली किरण का,
उजाले की पुकार भी है।

जो खोया है रोशनी में,

वो अंधेरे में मिल जाता है,
कभी-कभी सन्नाटा ही,
सच का चेहरा दिखलाता है।

इसलिए मत डर इस तम से,
ये भी एक साज़ है जीवन का,
हर रात के बाद सवेरा है,
ये नियम है इस सृष्टि का।

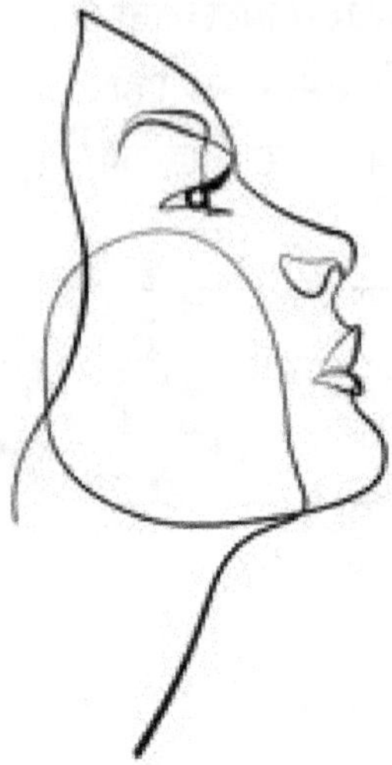

तेवर

हर बात पे सर झुका लेना,
कभी भी आदत नहीं हमारी,
हम वो हैं जो खामोशी में भी
माकूल जवाब रखते हैं।

भीड़ में चलते रहकर भी
अकेले चलना सीखा है,
हमने अपने हालातों से नहीं,
खुद से ही हिसाब सीखा है।

तेवर — कोई चीख नहीं,
कोई धमकी नहीं,
तेवर — वो आँखें हैं
जो सब कुछ कह जाती हैं,

न रोष में, न जोश में,
बस सच्चाई की पनाह में,
तेवर — वो चुप्पी है
जो वक़्त को बदल देती है।

तेवर हमारे लहजे में नहीं,
सोच में है, जो डराते नहीं,
मगर हालात को बदलने में,
किसी भी तरह से कम नहीं,

तेवर उस आग का नाम है,
जो कभी बुझती नहीं,
मगर जलाती भी नहीं,
सिर्फ एहसास कराती है,

हमने सीखा है लड़ना,
बिना कोई शोर किए,
जो गिरते हैं बार-बार,
कभी भी हारते नहीं,

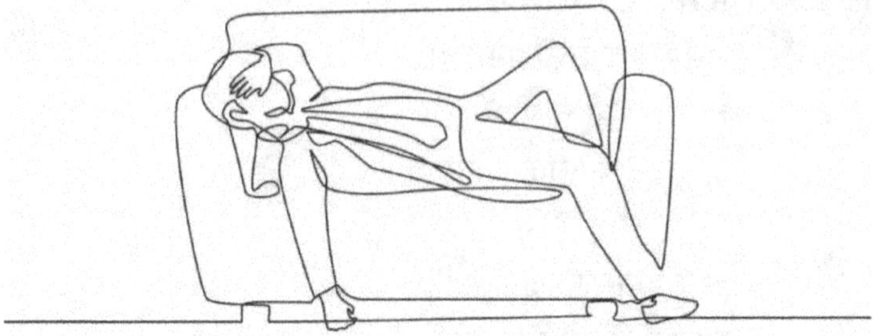

थका हारा इंसान

थका-हारा इंसान,
दिनभर की दौड़ में,

पसीने से तरबतर,
सपनों की सोच में,

चेहरे पर थकान,
पर आँखों में चमक,

कदम डगमगाते हुये,
पर हौसले न झुके,

राहें चाहे लंबी सही,
मंज़िल भी चाहे दूर हो,

हर गिरावट से उठना,
यही उसका सुरूर है,

सांसें चाहे कितनी भी
मुश्किल और भारी हों,

दिल में फिर भी पूरी
तरह से उम्मीद जगे,

थका-हारा इंसान
फिर भी धीरे धीरे
चलता है एक एक
कदम उठा करके,

क्योंकि वो जानता है,
अंधेरा चाहे गहरा हो,

सुबह का सूरज फिर,
नई रोशनी देगा ज़रूर,

दिन - रात

दिन निकला
तो जाग उठी फिर,
धरती की मुस्कान,
किरणों से
आ गूँज उठी हर,
कोने की पहचान,

कलरव में स्वर
लहर उठे जब,
पंख पसारे पंख,
हरियाली,
मुस्काई देखो,
जीवन के फिर रंग,

सूरज सर पर,
चलता रहता,
श्रम बनता अनुराग,
पसीने की
धार बने जब,
जीवन का सुहभाग,

धूप जले फिर
छाँव रचे जब,
तब छाया साँझ
उतरती मौन निशा में,
ले आशा का नाम,

चाँद खिले,
तो चुप्पी बोले,
तारों का त्योहार,
नींद पले जब
शांत हृदय में,
मिट जाए हर भार,

दिन देता है कर्म प्रेरणा,
रातें शांति विचार,पृति
जीवन के ये दोनों पहरे,
जैसे दो प्रकति के उपहार,

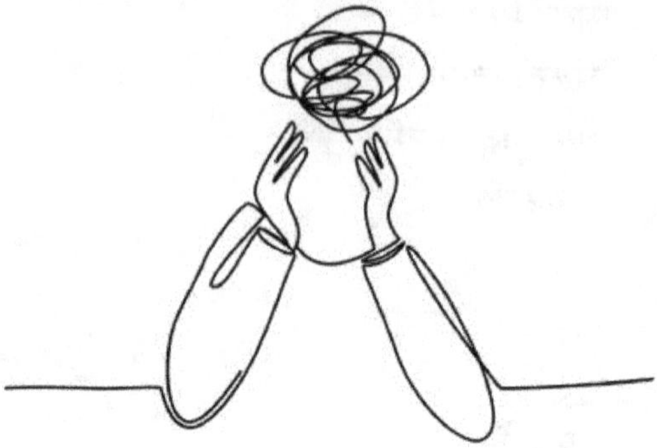

दुखी मन

दुखी इंसान के मन के,
कोने में छुपा कोई दर्द,
चुपचाप सिसकता और,
बहता रहता है बिना कहे,

साँसें भी भारी चलती हैं
दुखी मन के कारण,
आँखों में भी जैसे कोई,
गहरा सा अंधेरा दिखता है,

सपनों के टूटे टुकड़े,
उठाकर दुखी मन से,
हर रोज़ नई उम्मीद,
सजा सजाकर खुद को,

दिल के सर्म्पूण वीराने में,
खामोशी से जगह बनाता है
दुख में भी चाहता है हँसना,
नाचना और चाहता है गाना,

पर भीतर का शोर न थमकर,
दुखी मन की इस लंबी राह में,
खुशियों का सूरज ढूढता है,

दुखों को झेलते हुये भी,
मन फिर भी कहता है हर रोज़,
चलो ,फिर से सपने बुनते हैं,
इस उम्मीद के साथ कि,

इनअंधेरों के उस पार,
इस धरा पर कहीं तो होगीं,
रोशनी की किरणें अपार,
जो दुखी मन को लेंगी सहार,

दुनिया

दुनिया है इक रंगमंच सारा,
हर इंसान यहां बस,
एक किरदार निभाता है,
कभी हँसी का मेला है ये,
तो कभी दर्द का मारा है ये,

कभी दौलत की रेस में भागे,
कभी रिश्तों की प्यास में जागे,
कभी सच्चाई को ठुकराया,
कभी झूठ का ताज सजाया,

यहां हर इंसान के चेहरे पर,
मुस्कान में छुपा ग़म है,
हर इंसान के दिल में,
कोई न कोई आलम है,

कभी दोस्ती में धोखा मिला,
तो कभी तो दुश्मन ने भी,
साथ निभाया है कमाल का,
जब जब उसे मौका मिला,

दुनिया कहती है,
वक्त बदलता है,
पर इंसान कब,
खुद से मिलता है,

भीड़ में खो कर,
जीत जीता रहा,
अकेलेपन से,
हमेशा डरता रहा,

दुनिया ना बुरी है, ना अच्छी,
बस हमारी सोच जैसी है,
वैसी ही सच्ची और कच्ची है,
ये सब नजर का ही कमाल है

अगर अपना नजरिया
बदल लो दुनिया के बारे में,
तो हर चीज़ में नूर ही नूर है,
वरना ये दुनिया तो देखने में बस एक अधूरा फितूर ही है,

दुनियादारी

दुनियादारी का खेल ,
बड़ा ही निराला,
हर कोई यहाँ पर,
अकेला ही अकेला,

मुस्कानों के पीछे,
छिपे ढेरों सवाल,

आँखों में छुपे हैं,
हज़ारों मलाल,

कोई रिश्तों को,
तराज़ू में तोलता,
कोई बिकता है,
झूठे अंदाज में,

अगर सच बोलो,
तो लोग नाराज,

और झूठ बोलो,
तो सब सुनते हैं,

दुनियादारी का,
रंग ही निराला,

हर कोई इसमें,
बनता मतवाला,

स्वार्थ की धुन पर,
हर कोई नाचता है,

नाते-रिश्ते भी,
ऐसे ही चलाता हैं,

फिर भी कई हैं,
जो दिल से जीते है,

प्यार बाँटते और,
सच्चाई में जीते हैं,

वो ही इस दुनिया में,
मिसाल बन जाते हैं,
सच के जलते दीपक से,
धने अंधेरों को भगाते हैं ,

दोराहा

दोराहा अपने में संकेत है,
दो अलग अलग राहों का,
जीवन की सुंदर राहों पर,
चलते चलते अचानक कभी,
सामने आ जाता है दोराहा,

एक ओर सपनों की चमक,
दूसरी ओर फर्ज की परछाई,

उस पल कदम ठिठक जाते हैं,
मन उलझ कर रह जाता है,

कौन-सी राह सही होगी,
जो मंज़िल तक ले जाएगी,

कभी कभी दिल कहता है,
चलो उस ओर जहाँ चाहत है,

तबही बुद्धि समझाती है,
जहाँ ज़िम्मेदारी की आहट है,

यही है जीवन का सच,
हर मोड़ पर परख होती है,

साहस अगर अपने संग हो,
तो राह भी सरल हो जाती है,

दोराहा हमेशा हमें सिखाता है,
सही चुनाव ही भाग्य बनाता है,

जिसे चुन लो पूरे विश्वास से,
वही रास्ता जीवन कहलाता है,

धरती आकाश

धरती से जुड़े हैं
हमेशा पाँव हमारे,

मगर सपनों के पंख
आकाश तक जाते हैं

धूल से सनी हैं
हथेलियाँ हमारी,

पर हाथ की लकीरें,
सितारों से मिलाती है,

धरती कहती है
ठहर, जड़ें गहरी कर,

आकाश कहता है
उड़, सीमा को बदल

एक खींचता है
हमें अपनापन देकर,

दूसरा बुलाता है
हिम्मत और साहस से,

कभी हम धरती की
ठंडी छाँव में सोते हैं,

कभी बादलों की
गली में खोते हैं।

जीवन की शायद
यही तो कहानी है
धरती की मजबूती
आकाश की रवानी

धोखा और फरेब

चमकते लफ़्ज़ों की परछाईं में,
छुपा हुआ था एक साया,

हंसी की ओट में था ज़हर,
हर वादा बस छलाया।

नज़रें मिलतीं, बातें होतीं,
सच का कोई मोल नहीं,

पलकों में जो सपना बोया,
वो टूटा पर बोल नहीं।

विश्वास का महल बनाया,
हर ईंट थी एहसास की,

पर नींव में छुपा हुआ था,
चालाकी की प्यास भी।

फरेब की छाल ओढ़े लोग,
अपनी सूरत छुपा चले,

दिल के बाजार में हर रोज़,
सौदे रिश्तों के बिक चले।

पर देखो, धोखा भी सिखाता है,
हर घाव कोई सीख बने,

जो गिरते हैं, संभल भी जाते,
और फिर न ये रीत तले।

अब आंखें हर मंजर पढ़तीं,
झूठ का हर परदा देखतीं,

दिल भले ही चुप खड़ा हो,
पर सच्चाई को पहचानतीं।
सोचता हूं कि

सोचता हूं कि,
कलियों से पूछूं,
क्यों खिलने से
पहले वो कांपती हैं

हवा के झोंकों से
डरकर वो क्यों

अपनी खुशबू को
अपने में ही बांधती हैं

सोचता हूं कि,
उन पथिकों से जानूं,
जो राहों में भटकते हैं,
क्या मंज़िलें सच में
मिलती हैं,
या सिर्फ़ रास्ते ही
सपने बुनते हैं

सोचता हूं कि,
उन चिड़ियों को देखूं,
जो खुले आसमान में
उड़ती हैं,

क्या पंखों की
थकान भी होती है,
या सिर्फ़ आज़ादी ही
अच्छी लगती है

सोचता हूं कि,
कभी अपने
आप से पूछूं,
जो सवाल
आंखों में बसते हैं,

क्या कभी
जवाब भी मिलते हैं,

या सिर्फ़ सवाल ही
सच में जिए जाते हैं

सोचता हूं कि,
क्यों न इन ख्यालों को,
दोनो हाथों से
कसकर थाम लूं,

हर उलझन को
कोई ना कोई नाम दूं,
लगता है शायद सोच ही
वो अकेली राह है,
जहां से हर जवाब तक
जाना मुमकिन है।

नम हवाएँ

समुद्री नम हवाएँ,
चलती हैं धीरे धीरे,
जैसे समय का,
कोई प्राचीन श्वास,

वे आती हैं सागर की,
सतह और
गहराइयों से,
जहाँ मौन भी,
संवाद करता है,

हर नम हवा का झोंका,
एक प्रश्न है और
हर नमकीन स्पर्श,
उत्तर की तलाश,

इन हवाओं में बसी है,
सृष्टि की स्मृति,
जब जल और वायु ने,

पहली बार,
एक-दूजे को छुआ,

इनकी नमी में है ,
बीते युगों का अनुभव,
और भविष्य की,
अनकही संभावनाएँ,

वे सिखाती हैं,
कि कुछ भी
स्थायी नहीं,
न सुख, न पीड़ा,
सब बहता है,
जैसे नम हवा
न रोक सकते,
न थाम सकते,

जब ये हवाएँ ,
मेरे भीतर से
गुजरती हैं,
तो मैं स्वयं से
मिल पाता हूँ।
समझ पाता हूँ,
कि अस्तित्व भी
एक यात्रा है,

जिसका प्रारंभ,
सागर की तरह,
अनंत में होता है,

और अंत,
शायद उसी मौन में,
जहाँ हवा भी
बोलना छोड़ देती है,

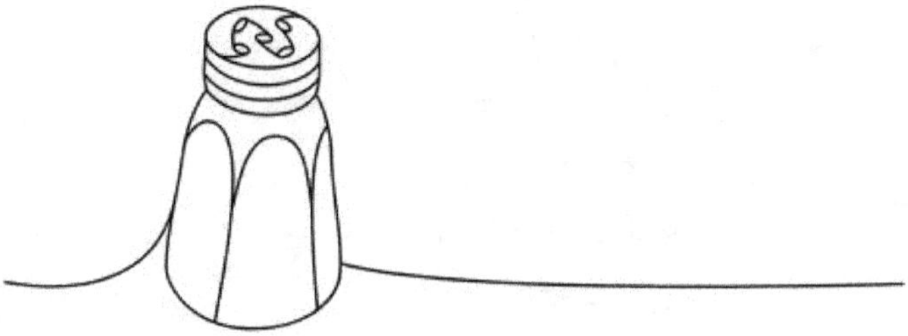

नमक मिर्च मसाला

नमक मिर्च मसाला
हर स्वाद में डाला।
मीठी सी बातें,
थोड़ी तीखी चालाकी,
और कुछ खट्टी शरारतें।

ज़िंदगी की थाली में,
हर रंग है चढ़ा,
कभी खुशी का लड्डू,
कभी दुख का कड़ा।

मसालों सी बातें,
हर लम्हा रंगीन,
कभी चटपटा तर्क,
कभी मीठी तसलीम।

नमक जो रिश्तों में घुला,
बिन बोले सब कह गया,

मिर्च ने थोड़ी तकरार की,
पर प्यार फिर भी रह गया।

ज़रा सा मसाला,
हर घाव पे लगा,
कभी हंसी में, कभी
आंसू में बहा।

नमक मिर्च मसाला,
ज़िंदगी का तबाला,
हर स्वाद में छुपा है,
एक किस्सा निराला।
मिर्च मसाला जिंदगी का स्वाद,
खट्टी-मीठी बातें बेहिसाब।
थोड़ा तड़का, थोड़ी फुहार,
कभी खुशी तो कभी खुमार।

कड़वी यादें मिर्च सी जलाएं,
मीठे सपने मसाले से महकाएं।
रोजमर्रा की थाली सजती,
हर एहसास में खुशबू बसती।

बिना मसाले फीका है जीवन,
हर रंग में छुपा है अपनापन।
मिर्च मसाले का यही है राज़,
हर स्वाद में छुपा है साज।

नमक मिर्च
ज़िंदगी के स्वाद में,

कुछ कम न हो जाए,
नमक सा तजुर्बा,
मिर्ची सी छाया।

मीठे लम्हे चुपचाप बह जाते,
कभी तीखे शब्द भी कहर ढाते।
थोड़ा नमक रिश्तों में घुल जाए,
मिर्ची सा जोश भी संग आए।

हर बात फीकी,
तो दिल भी रूठे,
मिठास की राहें फिर कैसे टूटे।

संभल कर छिड़कना
ये दोनों ज़रूरी,
वरना कहानी बनेगी अधूरी।

नमक मिर्च का खेल निराला,
इसी में है जीवन का मसाला।

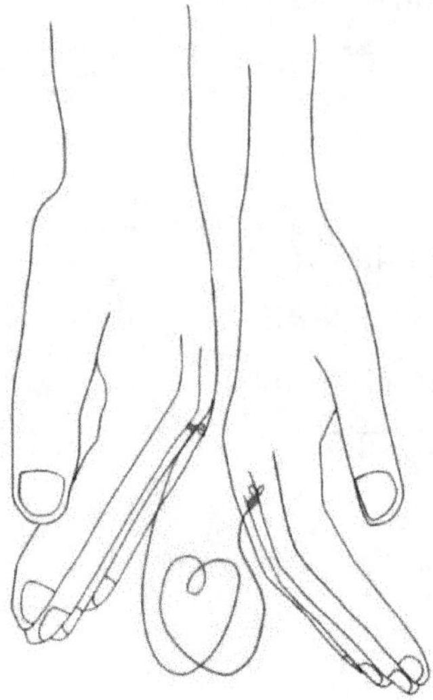

नसीब की रीत

नसीब हमेशा इंसान को,
नचाए अपनी धुन पर,
नसीब की ये कैसी रीत है,
जो बहुत ही अजीब है,

हर मोड़ पे एक नई प्रीत है,
कभी हँसाए, कभी रुलाए,
कभी सपनों में भटका जाए,
कभी कभी डरा ही जाए,

किस्मत के पत्ते फेंके गए,
इंसान तो बस चाल चले,
कभी जीत को गले लगाया,
कभी हार में भी गीत पले,

जिनके हिस्से चाँद-सितारे,
वो भी खाली हाथ दिखे,
और जिनके पास न कुछ था,
वो भी किस्मत साथ दिखे,

नसीब से क्या शिकवा करें,
ये तो वक्त की टेढ़ी चाल है,
जो लिखा है, वही मिलेगा,
यही तो उसका कमाल है।

पर एक बात दिल से कहें,
कोशिशें न कभी थमने पाएँ,
कभी नसीब भी झुक जाता है,
जब इरादे सच्चे हो जाएँ,

नसीहतें

ज़िंदगी के रास्ते में,
जब चलते हैं अकेले,
हर मोड़ पर मिलते हैं
कुछ सीखने वाले मेले,

हर शख़्स देता है
एक नई सी नसीहत,
जैसे हो ज्ञान का कोई,
बहता समुंदर या
बारिश की भीगती सी राहत,

"मत गिरो", कोई कहता है, "
संभल के चलो", "
दुनिया बड़ी चालाक है,
होशियार रहो हर पलो।"

किसी की नज़र में
सपनों का पीछा

करना पागलपन है,
तो कोई कहता है, "
उन्हें पाना ही असली जीवन है,

बचपन में कहा – "खूब पढ़ो,
तभी बनोगे कुछ",
जवानी में कहा – "कमाओ,
वरना ज़िंदगी बनेगी
सूख चुकी सरसों की फसल कुछ,

बुढ़ापे में कहते हैं,
आराम करो,
अब क्या करोगे तुम,

हर उम्र में बदलती हैं नसीहतें,
जैसे मौसम बदलता
हर एक क़दम,
पर नसीहतें क्या हैं
बस अनुभव का नाम,
जो दूसरों ने जिए,
हमसे पहले का अंजाम,

कुछ सच्ची होती हैं,
कुछ डर से भरी,
कुछ प्रेरणा देती हैं,
कुछ लगती हैं भारी,

तो सुनो सबकी,
पर चलो अपने मन की राह,

क्योंकि नसीहतें तो मिलेंगी,
पर मंज़िल बनेगी
तुम्हारी ही चाह।

ज़िंदगी कोई किताब
नहीं जो दूसरों से लिखवाओ,
अपनी कलम से लिखो,
जो भी हो — हंस के निभाओ।

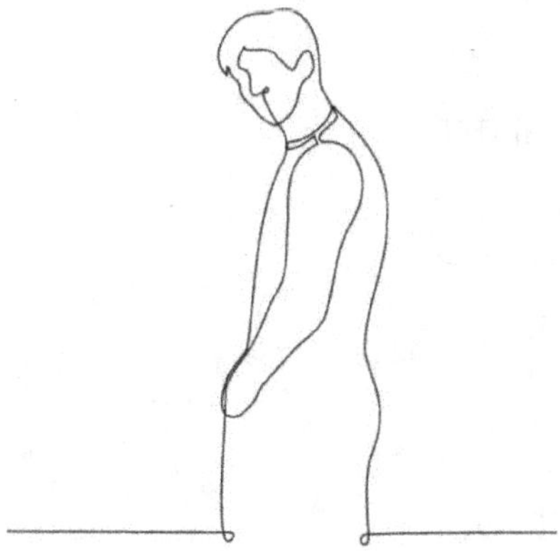

निकला

वो निकला घर से,
अपने कंधों पर,
उम्मीदों का बोझ,

आंखों में कुछ अधूरे
सपनों की चमक,

हथेलियों में
मेहनत की गर्माहट,

और दिल में एक
अनकही दुआ लेकर,

गली के मोड़ पर
माँ की निगाहें
उसे आखिरी बार
देख रही थीं,

जैसे आंखों से ही,
कह रही हो,
सावधान रहना बेटा,

ये दुनिया सिर्फ,
मुस्कुराती नहीं,

कभी-कभार,
काट भी लेती है,

सड़क पर
कदम बढ़ाते हुए
वो सोच रहा था,
आज का सफर
बस एक
मंज़िल नहीं,

बल्कि कल के
रास्तों को
आसान बनाने की
कोशिश है,
हवा में उड़ते पत्ते

मानो उसके
साथ चल रहे थे,

और सूरज की
किरणें उसके माथे
पर हिम्मत की

लकीरें खींच रही थीं

वो निकला घर से..
शायद लौट आएगा
शाम होने तक,

या फिर घर लौटेगा,
अपने अधूरे सपनों को,

पूरा करके और नये
सपनों की उम्मीद लेकर

पर लौटेगा ज़रूर,
क्योंकि घर से,
निकली सच्ची,
चाहत हमेशा,
घर का रास्ता,
जानती है,

नीयत

नीयत अगर,
साफ़ हो दिल से,
राहें खुद-ब-खुद,
बन जाती हैं,

चाहे हों कांटे,
जीवन पथ में,
फूलों सी खुशबू,
आ जाती है,

मतलब से,
जो दूर रहे,
वो इंसान बड़ा,
कहलाता है,

नीयत की ये,
ताक़त ही तो,
इंसान को,
खुदा बनाता है,

पंखुड़ियां

पंखुड़ियां फूलों की,
चुपचाप कुछ कहती हैं,
मिट्टी की गोद में पलती,
पर ऊँचाइयों को सहती हैं।

हर सुबह ओस में नहाकर,
नई मुस्कान लाती हैं,
कांटों के बीच रहकर भी,
जीवन का पाठ पढ़ाती हैं।
कभी उपहार बन,
प्रेम का संदेश बन जातीं,
कभी शहीद की माटी पर
श्रद्धा में झुक जातीं।
शादी के मंडप से लेकर
जनाज़े की राहों तक,

हर भाव में, हर मौन में,
ये ही तो साथ निभातीं।
ना बोलती हैं, ना शोर करती हैं,
पर हर रंग से समाज को जोड़ती हैं
सिखाती हैं —
नाज़ुक होकर भी कैसे जीता जाए,
हर गिरावट के बाद कैसे फिर से खिला जाए।

तो मत समझो इन्हें केवल
शोभा की बात, पंखुड़ियां हैं —
प्रकृति की सबसे सुंदर सौगात।

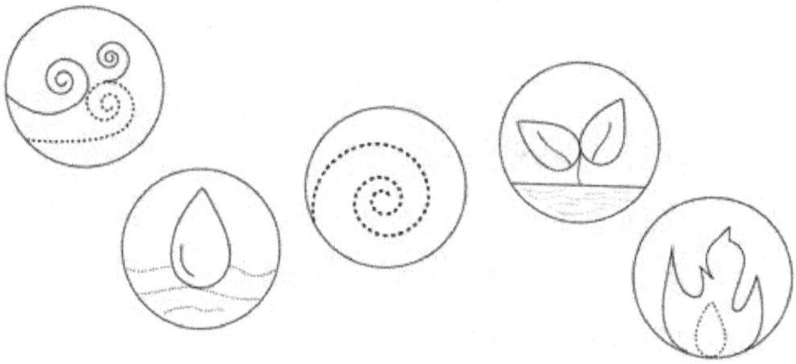

पंच तत्व

पृथ्वी सा धैर्यवान बनो,
सब कुछ सहते जाओ,
हर दर्द, हर बोझ को,
चुपचाप अपनाओ,

हरियाली से सजी रहे,
जीवन को वह सींचे,
ममता की मूरत है यह,
हर प्राणी को खींचे,

जल सा निर्मल बनो सदा,
बहते रहो निरंतर,
सुख-दुख में,
मत उलझो तुम,
रहो सदा भीतरतर,

स्निग्धता हो बातों में,
शीतलता हो मन में,

हर प्यास बुझा देना तुम,
प्रेम भरे हर क्षण में,

अग्नि सा तेजस्वी बनो,
उजियारा फैलाओ,
अधिकार सत्य का लेकर,
अंधियारा हर जाओ,

नाश करो अन्याय का,
लेकिन रखो मर्यादा,
जलो स्वयं पर भी सदा,
औरों को दो उजाला,

वायु बनो स्वतंत्र तुम,
बहो खुले गगन में,
स्पर्श करो हर जीवन को,
पर बंधो नहीं बंधन में,

कभी सुकून बन बहो,,
कभी बनो तूफानी,
लेकिन हो संतुलन भी,
यही बात है ज्ञानी,

आकाश सा विशाल बनो,
सब कुछ समा सको तुम,
दृश्य-अदृश्य सभी को,
अपनी गोद में ले लो तुम,

नीला विस्तार लिए हुए,

अनंत की करो पहचान,
स्वीकारो सब कुछ तुम,
रखो सबका मन से ध्यान,

पंछी की उड़ान

पंख थक चुके हैं,
पर मन नहीं हारा,
अभी तो बाकी है
अंतिम किनारा,

साँझ की लाली में
अपना सपना समेटे,
उड़ने चला फिर
एक पंछी अकेला,

हर दिशा में फैला था
उसका सारा आकाश,
एक एक श्वास में था
जीवन का प्रकाश,

अब थमा है स्वर,
शांत है उसका गान,
फिर भी मन में उठी है
आखिरी अंतिम उड़ान।

वो न था
हार का अभ्यासी,
थी उसकी उड़ान ही
पहचान किसी।

धूप में तपा,
तूफ़ानों से टकराया,
हर गिरावट को
ऊँचाई से सजाया।

अब नहीं है
मंज़िल की तलाश,
बस विराम है —
न कोई हर्ष, न त्रास

पर उड़ते पंखों की
वो आख़िरी चाह,
जैसे कह रही हो
अब भी है राह,

माटी की गोद में
विश्राम को आया,
आकाश को फिर से
माथे लगाया,

जो चला गया,
वो केवल तन था,
आख़िरी उड़ान में
आत्मा सदा के लिये,
अमर बन गया,

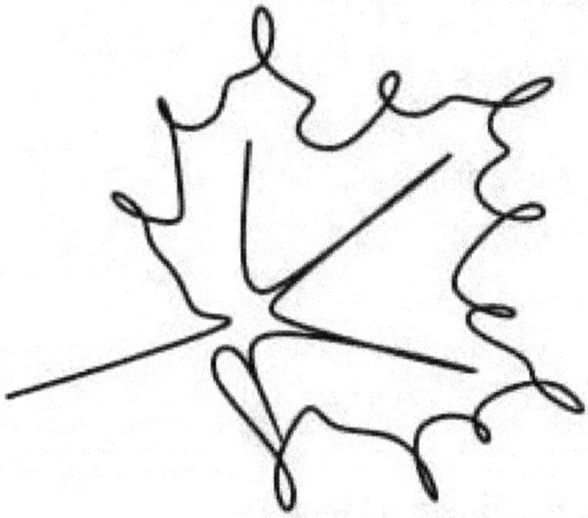

पतझड़

झड़ते पत्तों की सिसकी में,
कुछ टूटे सपने बोल गए,

शाखें हुईं नंगी चुपचाप,
हरियाली के दिन डोल गए,

पतझड़ की पीली चादर में,
सजता है कोई वीरान सा रंग,

सन्नाटों की गहरी थाली में,
गूंजता है स्मृतियों का संग,

ना कोई फूल, ना कोयल गाए,
बस हवाओं की करुणा बहे,

हर डाली पर उदासी ठहरी,
जैसे वक़्त ठहर कर कहे,

बदलाव भी एक रूप है जीवन,
जो गिरता है, वह ही उठेगा,

जो सूख गया आज चुपचाप,
कल वही फिर से फूटेगा,

पतझड़ सिखाए सब्र का सबक,
कि हर अंत है एक आरंभ भी,
टूटे हुए पत्तों की सरगम में,
छिपी रहती है
जीवन-वीणा की तान भी,

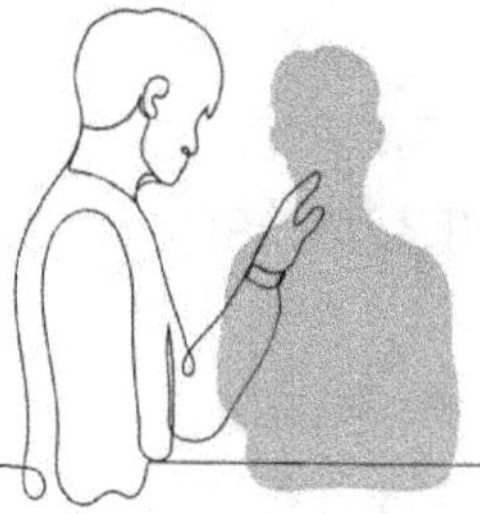

परछाईं

भीड़ में भी खुद को तन्हा पाया,
साया था साथ, पर बोल न आया

धूप में खामोशी की चादर थी,
मन की गहराई फिर भी बेघर थी।

चलती रही वो परछाईं मेरे संग,
बिना आवाज़, बिना किसी रंग

कभी लंबी, तो कभी सिमटी सी,
जैसे कोई याद अधूरी सी।

लोग थे, शोर था, हँसी थी वहाँ,
पर मेरी तन्हाई सबसे जवाँ

साया भी जब शाम को छूट गया,
अकेलापन तब और भी रूठ गया।

वो परछाईं—मेरी सच्ची साथी,
कभी कुछ कहे

बिना सब कह जाती
जो दुनिया न समझ पाई

आज तलक, वो मेरी
चुप्पी को रोज़ गुनगुनाती।

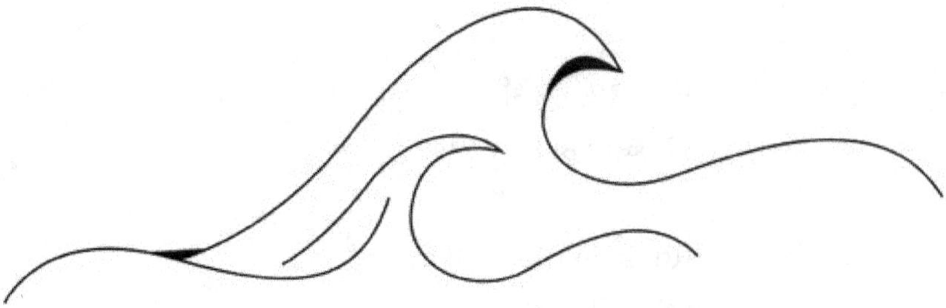

परत दर परत

परत दर परत कुछ,
छुपा सा रहता है,

हर मुस्कान के नीचे,
दर्द बहता है,

जो दिखता है,
वो सच नहीं होता,

हर चमकते चेहरे के पीछे,
अंधेरा रहता है।

ख़ामोशी की चादर,
ओढ़े कई राज़ सोते हैं,

बातों के जंगल में,
जज़्बात खोते हैं,

हर शब्द, हर लफ़्ज़,
नहीं कह पाता सब कुछ,

कभी आंखों में भी,
उतर आते हैं अधूरे सुख।

परतें खोलो तो दिखता है,
एक मासूम दिल,
जो डरता है,
जो थमता है, फिर भी है,
नाजुक नहीं वो सहता है,
चलता है, हर चोट को,
हंसकर ढोता है,

वक़्त के थपेड़ों में भी,
सपनों को बोता है,

परत दर परत जब,
खुद को देखा मैंने,

तो पाया — मैं ही हूं,
अपनी कहानी का बीज, '
अपनी ही जड़ें,

ना कोई और दुश्मन,
ना कोई और सवाल,
मैं ही हूं जवाब,
मैं ही हूं हल,
मैं ही हूं चाल।

परतें

हर इंसान के चेहरे पर,
कुछ परतें होती हैं,

कुछ हँसी की, ग़म की,
और कुछ रहस्य की भी,

कुछ दिखाई देती हैं,
कुछ छिपी रहती हैं,
कुछ वक़्त के साथ,
खुद बखुद उतरती हैं,

इंसानी दिल की भी तो
कई परतें होती हैं,
एक परत में प्यार,
दूजी परत में डर,

तीसरी परत में कोई,
अधूरी टूटी सी उम्मीद,

कहीं दिल की गहराई में,
खुद से भी छुपा सच,

इंसानी रिश्तों की भी
कई कई परतें होती हैं,

पहली परत में अपनापन,
फिर कुछ अनोखी अपेक्षाएं,

फिर कभी सन्नाटा,
फिर एक
और परत
समझौते की।

इंसानी ज़िंदगी एक
प्याज़ की तरह है,

हर परत छीलो,
तो आँखें भर आती हैं,
पर जब कोई बिना डरे,
हर परत के पार देखे,

तो वहीं से शुरू होता है
सच्चा अपनापन।

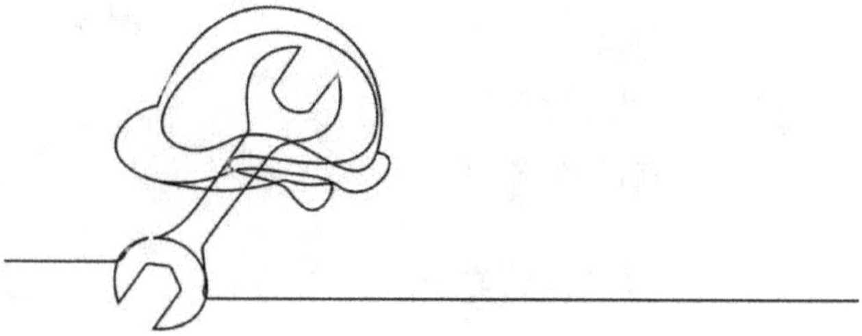

परिश्रम

जिंदगी मे अगर ,
कुछ करना है,
तो अलग अलग ,
राहें होगी,

उन पर
चलना है तो,
कुछ राहें सीधी होंगी,
कुछ काँटों से भरी या
कुछ सपनों की होंगी।

हर मोड़ पर
अग्निपरीक्षा होगी,
हर साँस में,
छिपी दीक्षा होगी,

गिरा हूँ मैं,
पर रुका नहीं,
हर ठोकर ने
कुछ सिखा दिया

जिन्होंने मुझको
तोड़ना चाहा,
उन्हीं ने मुझे
गढ़ा नया दिया।

अंधेरे से लड़ना
आसान नहीं,
पर रोशनी की
चाह बनी रही

बिजलियाँ बरसीं,
आँधियाँ आईं,
फिर भी मेरी
लौ जली रही।

संघर्ष ही जीवन की
पहचान है,
यही तो मेरी
असली उड़ान है।

जो थक कर
बैठ जाए राह में,
उसे क्या पता
मंज़िल की जान है,

इसलिए अब
थमता नहीं हूँ,
हर घाव को
अपनी शान कहता हूँ।

संघर्ष है तो
अस्तित्व है मेरा,
इसीलिए हर
पल लड़ता हूं

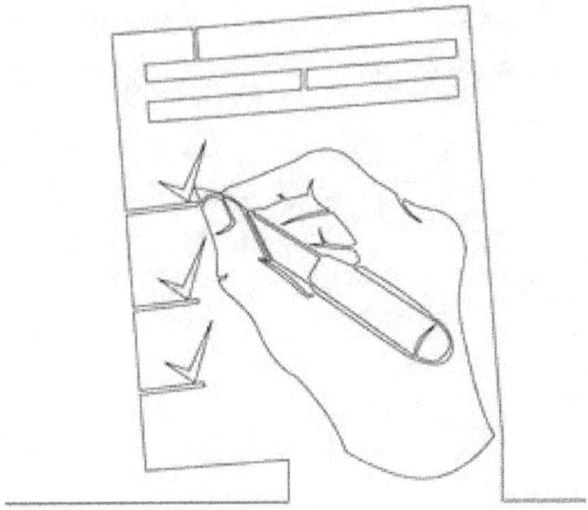

परीक्षा

जिंदगी में परीक्षा कभी,
बिना किताबों के न होगी,
किताबों के पन्नों में ही,
छुपा सपनों का संसार,

पसीने की बूंदों के संग,
जुड़ा मेहनत का विचार,

रातें जाग जाग कर कहतीं,
बार बार हिम्मत रखो निरंतर,

कल की सफलता होगी,
सदा तुम्हारे ही आस पास,

डरो मत इस एक पल से,
यह तो बस एक राह है,

जीवन की असली परीक्षा,
तो आगे मिलेगी जो अथाह है,

सच्चाई, परिश्रम और धैर्य,
ये बनें जब सब तुम्हारे साथी,
हर एक मुश्किल आसान होगी,
मंज़िल हमेशा तुम्हारी ही होगी

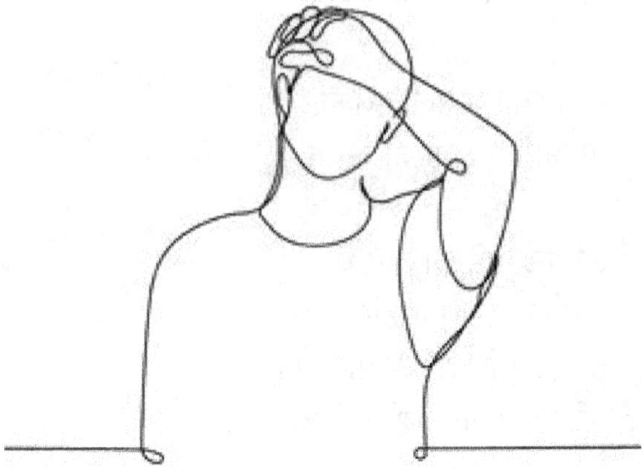

पसीना

मजदूरों की मेहनत,
और खून पसीने से,
उभरती हैं जो इमारतें,

उनमें कभी भी,
जाने का उनको,
फिर कभी मौका ही,
नहीं मिल पाता,

मगर इमारत के,
बनाते समय जो,
पसीना टपकता है,

लगता है जैसे
माथे से जलती,

धूप में कोई,
नदी बहती हो,

हाथों में छाले हैं,
पर होंठों पर ना,
कोई शिकवा,
ना शिकायत,

ईंट, गारा, पत्थर,
इनसे बनते हैं,
सपनों के महल,

पर जो बनाते हैं,
वो खुद सोते हैं,
छप्पर के नीचे,

पसीने की बदबू से,
नफरत करते हैं,
जो ये इत्र वाले,

पर उन्हीं की अपनी
इमारतों में ही लगती है,
सबसे महंगी खुशबू,

पसीना है,
मेहनत का प्रतीक,
संघर्ष की गंध,

जो रोज़ जूझता है
रोटी के दो,
टुकड़ों के लिए,

कभी किसान के खेतों में, `
कभी मजदूर की पेशानी,
और हथेली पर
तो कभी माँ की रसोई में,
हर जगह बहता है

चुपचाप, पसीना क्योंकि ये पसीना ही है,
जो सब काम चलाता है,

जो बिना कुछ कहे ही,
हर तरह की दीवार उठाता है,

तो अगली बार,
जब किसी का,

पसीना देखो,
तो समझना,

वो इत्र से कहीं,
ज्यादा कीमती है,

पिंजरा

सुनहरी सलाखों से बना है
समाज रुपी पिंजरा ,
चमकती हैं उसकी दीवारें,
मगर दिल पर कोई असर नहीं,

हर रोज़ चुपचाप बैठ,
ख्वाबों के पर कतरते हैं
उड़ने की चाह में अक्सर,
अपने ही भीतर मरना पड़ता है,

बाहर है खुला वातावरण,
नीला आसमान, हरियाली।
पर कैद है रूह,
समाज रुपी पिंजरे में
किसी अनकही कहानी वाली।

कभी किसी ने पूछा नहीं,
क्या सच में सब खुश हैं
जो दिखता हैं वो ही हैं,

या सच कुछ और ही हैं ,

अब सोचकर डर लगता है,
पिंजरा ही अपना लगने लगा है,
अब आज़ादी का मतलब सिर्फ
सपना सा ही लगने लगा है,

फिर एक दिन दिल में,
जोश जगा, उत्साह आया,
और आजादी ने पुकारा,
भीतर कुछ टूट गया।
पंख फड़फड़ाए और ,
पिंजरा पीछे छूट गया।

अब आसमान मंजिल है,
पिंजरे का कोई डर नहीं,
लोहे का ही नहीं होता,
सिर्फ पिंजरा,
डर रुपी पिंजरा भी
कई बार होता है इंसान में।

पुरानी यादें

पुरानी यादें इंसान की,
जिंदगी का एक
बहुत ही अमूल्य ,
और अहम हिस्सा हैं,

यादों का भी कुछ,
अजीब सा तरीका है,

कभी तो हँसाती हैं,
कभी रुला देती हैं,

बीते पलों की,
खामोश तस्वीरें,

मन के आईने में,
झिलमिला देती हैं,

कभी बचपन की,
मासूम शरारतें,

तो कभी दोस्तों की,
मीठी मीठी बातें,

कभी अपनों लोगो की,
प्यार भरी डाँट-डपट,

तो कभी कभी माँ के,
आँचल की सौगातें,

कभी पहली,
जीत की उमंग,

कभी हार का,
चुपचाप ग़म,

कभी अधूरी,
चाहत की टीस,

कभी सपनों का,
रंगीन आलम,

यादें तो जैसे साया हैं,
जो जिंदगी भर के,
हर गुजरते पल में,
इंसान का जीवन भर,
साथ निभाती हैं,

समय तो हमेशा ही,
बदलता रहता है,

पर ये यादें तो दिल में,
हमेशा के लिये,
घर बना लेती हैं ,

ज़िन्दगी की भीड़ में,
जब इंसान को,
अकेलापन कुछ,
सताने लगता है,

तो यादें ही चुपचाप,
आकर गले लगा लेती हैं।

पेड़ पौधे

हरी-भरी यह धरती प्यारी,
पेड़-पौधों की यह सवारी,
जो शीतल छाया देते सबको,

जीवन दायिनी नदियों का,
निरन्तर घटता जल स्तर,
मानवता के लिये जो अब
एक अभिशाप स्वरुप है

पत्तों की सरसराहट कहती,
प्रकृति की यह मधुर कहानी,
फल-फूलों से है जीवन चलता
खुशबू से है तन मन महकता,

सांसों का यह आधार बने,
धरा का यह सिंगार बने।
पेड़ लगाओ,धरती बचाओ,
जीवन का ये आधार बनाओ,

पेड़-पौधे, जीवन के दाता
जीवन कभी भी इनके
बिना नहीं चल पाता,

इनको बचाना सब का,
धर्म और कर्त्तव्य भी है ,
ये मानवता की सेवा,
और सामाजिक सेवा भी है,

प्रतिकार

नदियों का बदलता मिज़ाज,
पहाड़ों से उतरती नदी की धार,

झरनों की गूँज, अथाह पुकार,
कल तक देती जीवन-दान,

आज बनी है संकट-प्राण,
नदियाँ थीं स्वच्छ एवं निर्मल,
अब करती हैं मन में हलचल,

जो वरदान था धरती का,
वो अब अभिशाप लगे
मानवता के रखवालों को,

क्या ये प्रकृति का प्रकोप है,
या मानव लोभ का दोष है,
छेड़ा जिसे बेहिसाब बार,

मिल रहा उसका प्रतिकार,
कारण चाहे जो भी ठहरे,
दुःख सभी के जीवन में गहरे,

प्रकृति का संतुलन जब टूटे,
मानवता के सपने भी छूटे।

परछाईयां

इंसान के साथ,
चलती राहों में,
संग-संग हमेशा,
रहती हैं परछाईयां,

धूप हो या अंधेरा,
साथ निभाती हैं
ये परछाईयां,

कभी लंबी होकर,
डर से डराती हैं,

कभी छोटी होकर,
सिमट जाती हैं,

जीवन की हर,
करवट पर अपना,

रंग जरूर दिखाती हैं
ये परछाईयां,

सुख के क्षणों में,
चुपचाप बगल में,
खड़ी रह करके,
दुख के अंधेरे में,
और गहरी होकर,
भारी सी लगतीं हैं
ये परछाईयां,

इंसान अकेला नहीं,
उसके भीतर और,
आगे पीछे अनगिनत,
रूप छुपे हैं कहीं पर,
उनकी याद दिलाती हैं,
ये परछाईयां,

दरअसल पे आईना हैं,
जो इंसान के मन की,
रोशनी और अंधकार,
दोनों को उकेर कर,

हमें खुद से मिलाती हैं,
ये परछाईयां

कोशिश

हर सुबह एक नई
कहानी कहती है,
हर साँझ कुछ नई,
उम्मीदें देती है,

रास्ते कठिन हों
या हों सुनसान,
कोशिशें ही तो,
इंसान का साहस,
मुशकिलों में बढाकर,
बढाती हैं उसकी शान।

गिरते हैं कई बार,
संभलना भी पड़ता ह
अंधेरों से खुद को
निकालना पड़ा।

ठोकरें मिलीं,
ज़ख्म भी खाए,
पर मंज़िल की ओर
क़दम बढ़ाए।

थक कर रुक जाना
मंज़ूर नहीं,
हार मान लेना
कोई दस्तूर नहीं।
सपनों की उड़ान
फिर से भरनी है,
हर बंद दरवाज़ा
खोलकर चलनी है।

कोशिश वो चिंगारी है
जो जलती रहे,
हर असफलता से भी
कुछ कहती रहे।
हौसले को आवाज़ दे
हर पल, "
अभी नहीं रुकेगा,
अभी नहीं थमेगा कल।"

फितरत

फूलों की फितरत है,
खुशबू और महकना,

चाहे कांटों के साथ,
रह कर ही हो जीना,

सूरज की फितरत है,
जलते रहना,
और
अपने पूरे उजाले से,
दुनिया को रोशन करना,

नदियों की आदत है,
निरन्तर बहते रहना,
चाहे राह में चट्टानें को,
क्यों ना पड़े सहना,

हवा की तासीर है,
चलना,
कभी सर्द,
तो कभी गरम और,
कभी वर्षा के संग,

हर इंसान की,
फितरत भी है,
बहुत ही न्यारी,

कभी तो झूठ में,
सच की सवारी,

कभी सच्चे प्रेम से,
भर दे जिंदगी सारी,

तो कभी नफरत ही,
बन जाए बहुत भारी,

कुछ की फितरत,
होती है बाँटना,

तो कुछ की बस,
खुद में ही सिमटना,

कोई तेज रोशनी ,
बन कर जलता है,

तो कोई परछाई में,
ढलकर ही पलता है,

फितरत को कभी भी,
बदला नहीं जा सकता,
बस केवल समझा और
अपनाया जा सकता है,

क्योंकि यही तो,
पहचान है उसकी,

जो हर रूप में,और
हर रंग में सच्ची,
कथा कह जाती है,

फिर मिलेंगे

जिंदगी में बिछड़ते वक्त
कभी भी किसी से,
मत कहना अलविदा,
सिर्फ कह देना बस
फिर मिलेंगे
कभी ना कभी।

वक़्त की इन गलियों में,
कहीं किसी मोड़ पर,
तेरा मेरा सामना होगा
फिर किसी रोज़,

वो कुछ जरुरी बातें,
जो कभी रह गई थीं अधूरी,
फिर से जुबां पर,
आने लगेगी चुपचाप,

तेरी मुस्कान में
छिपी होगी,
एक पहचान,
मेरी आँखों में,
तैरती होगी कोई बात।

मौसम बदलेंगे,
रास्ते नए होंगे,
पर दिल की पगडंडी
वही पुरानी,
वो एक झलक,
वो एक ठहराव,
कह देगा — हाँ,
फिर मिलेंगे ज़रूर,

जुदाई सिर्फ़ पल
भर की मेहमान है,
मुलाक़ातों की,
दस्तक तो तय है,
बस विश्वास रख,
यादों को सहेज कर,
कह देना- फिर मिलेंगे,

बदलता इंसान

इंसान बदल रहा है,
हर साँस में शिकवा है,

पहले जैसा सहानुभूति,
भरा दिल अब
किसी के भी,
पास नहीं रह गया है

हर चेहरे पर नकली मुस्कान है,
पर दिलों में खालीपन की दुकान है,

ख़ुशी की बातें क्या करें, सब
यहाँ तो हर इंसान परेशान है,

कभी जो साथ चलते थे,
अब परछाईं भी नहीं बनते,

रिश्ते अब हाथ से लिखे,
ख़तों से नहीं चलते, केवल
मोबाइल के स्टेटस में बंधते है,

वो माँ की ममता,
वो पिता का साया,

अब जिम्मेदारी कहकर,
सबने धीरे धीरे बिसराय

अगर सच कहें तो,
अब इंसान इंसान नहीं रहा,

बस चलता-फिरता सा,
एक मुखौटा ही बचा है,

कोई किसी के दुःख में,
अब साथ बैठता नहीं है,

सबको अपने दुखों के बारे में,
सोचने से ही फुर्सत नहीं है,

रातों को जाग जाग कर,
जो सुनहरे ख्वाब बुनते थे,

अब तो केवल नींद में ,
सिर्फ दर्द के धागे सिलते हैं,

इंसान बदल रहा है,
और बदलते इंसान में,

कहीं न कहीं, कैसे भी,
हर किसी इंसान का,
दिल डर से टूट रहा है।

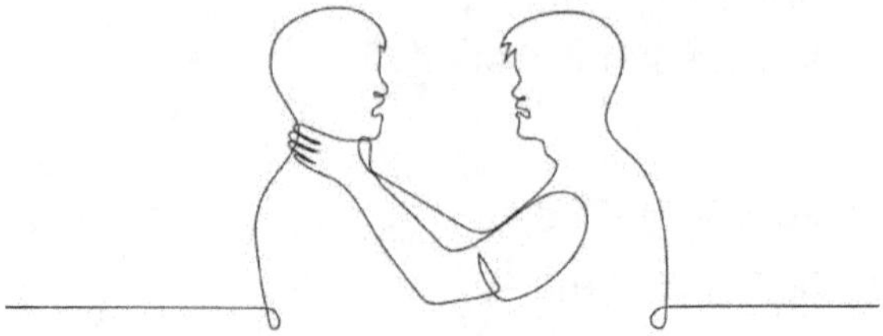

बदला

जला था दिल,
किसी की बात पर,

पर वो भुला न पाया,
उस आघात को,

कोई इरादा न था
उसका सज़ा देने का,
पर जो दिया दर्द उसने,

वो लौटेगा, यही था वादा,
बदले की आग में नहीं जला,

वो सच्चाई से चला,
उसके झूठ खुद ही गिरेंगे,

जैसे पतझड़ में पत्ते झड़ेंगे,
जवाब न दे कोई ,
तो मत समझना

कि वो डर गया हूँ ,
बस भरोसा है उसे,
अपने कर्मों पर,
और,
ऊपर वाले के न्याय पर,

बदला नहीं लेता हर कोई,
लोग बस वक्त आने देते हैं,

और वक्त समय आने पर,
सबसे बड़ा बदला लेता है।

बारिश

बूँदों का संगीत,
गगन से उतरा,

धरती का आँचल,
जैसे भीग गया,

सुनहरी किरणों,
संग नाचती बूँदें,

हर पेड़-पौधा मानो,
जैसे हर्ष से झूम गया,

फुहारों ने धीरे से थाम,
लिया मन का हर ग़म,

सुगंधित गीली मिट्टी ने,
सौंधी सी खुशबू बिखेरी,

पल भर में जीवन में,
आई सुंदर हरियाली,

सूखी धरती ने भी,
अपनी प्यास बुझाई,

नन्हीं कली के
होंठों पर हँसी,

झरनों-सी मस्ती,
हर ओर छाई,

बादल के आँचल से
टपकते मोती,

प्यासी धरती को,
नई सौगात दे गये,

सदा बरसते रहो,
ओ मेघ पावन,

तुमसे ही तो इस,
जीवन में रंग है,

बारिश की हर
कोमल फुहार,

मन को देती
सुकून उमंग है

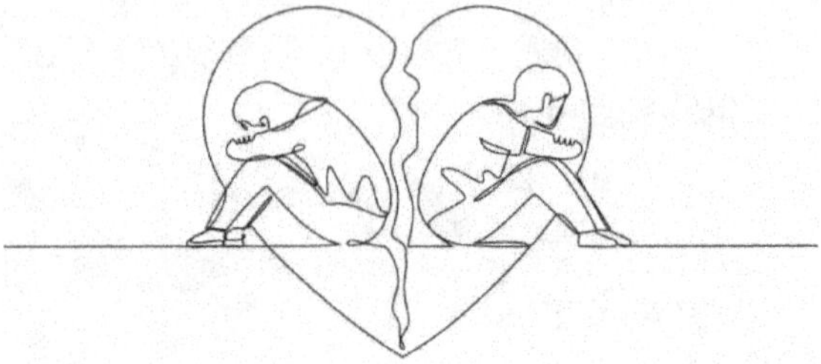

बिखरते रिश्ते

रिश्ते जो कभी,
फूलों जैसे थे,
अब काँटों से भी,
ज्यादा चुभते हैं,

जो आँखों में,
सपने बुनते थे,
अब उनींदी
रातों में टूटते हैं,

पहले जो बातें
मुस्कान लाती थीं,
अब खामोशियों में,
डूब कर रह गईं हैं,

छोटी-छोटी ,
गलतफ़हमियाँ भी,
जाने कब और कैसे,
गहरी दरारें बन गईं,

वो साथ चलना,
वो हाथ थामना,
अब केवल सिर्फ़
यादों में ही रह गया,

सोचने समझने की
वो हर चाहत,
अब एक अजीब सा,
सवाल बन गया,

ना कोई शिकवा रहा,
ना कोई जवाब ही बचा,
बस एक सन्नाटा,
जो सच बोलता है,

रिश्तों की इस
भीड़ में अब,
हर अपना क्यों ,
पराया सा लगता है,

क्या अब सिर्फ,
यही अंजाम है,
अपनेपन का,
या कहीं कोई,
कमी रह गई थी,

कभी वक़्त ने
दूरियाँ बढ़ाई,
कभी अहं की

दीवार बीच में ,
आकर खड़ी थी,

पर शायद
कुछ रिश्ते
सिर्फ़ सबक
बन कर आते हैं,

ना निभाने को,
ना बचाने को,
बस हमें थोड़ा
और सिखाने को,

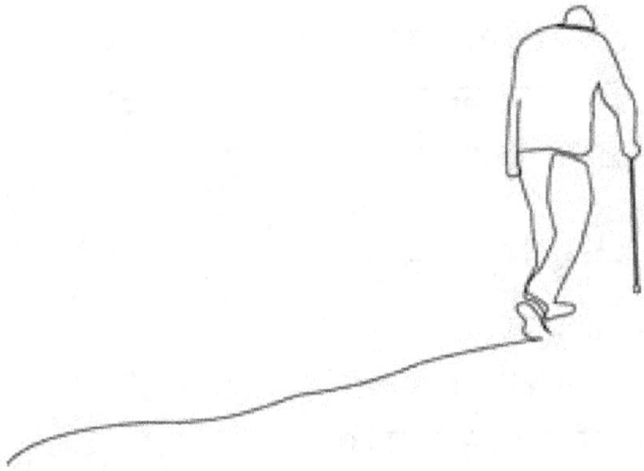

बुढ़ापा और अकेलापन

बुढ़ापा और अकेलापन,
दोनो साध साथ चलते हैं,
बुढापा तो अधिकतर
समय पर ही आता है,

लेकिन कई बार अकेला
और कई बार तो
अकेलेपन को भी
अपने साथ ले आता है,

समय के साथ साथ,
उम्र भी बढती है और,
शरीर भी कांपने लगता है
कांपते हाथों की लकीरें,
आंखों में धुंधली तसवीरें,
मन के कोने में टीस भरी,
यादों की कुछ जागी जंजीरें।

हर आहट पर दिल धड़के,
लगता है कोई आएगा पूछने,
पर चौखट तक सन्नाटा है,
यही तो अकेलापन कहलाता.है

छत की दरारें तक गिन डालीं,
घड़ी की टिक-टिक ने साथ दिया,
बातें करने को कोई भी नहीं,
खामोशी ने हरदम आस दिया,

कल तक जो आंगन,
चहकता था बच्चों से,
और उनके बचपन की,
किलकारियों से जो,
गूंजती थी दूर दूर तक,
आज वही तन्हाई बन,
सिर्फ यादों की परछाईं हैं,

पर उम्र की ये ढलती सांझ,
कहती है अब थम मत जाना,
अपने ही संग मुस्काना सीखो
हर लम्हे को अपनाना सीखो,

बुढ़ापा तो सिर्फ़ तन का है,
मन तो अब भी बहुत,
नटखट और जवान है,
चाहे तो रौशन कर लो उसको,
हर पल को प्रजवलित करके,

बूंदों का संगीत

बूँदों का संगीत,
गगन से उतरा,

धरती का आँचल
भीग गया सारा,

सुनहरी किरण
संग नाचती बूँदें,

हर पेड़-पौधा
झूम उठा धुन में,

फुहारों ने धीरे से,
ग़म सब हर लिया,

सुगंधित मिट्टी ने
जादू-सा बिखेरा,

पल भर में जीवन
हरियाली से छाया,

सूखी धरती ने बूदों से,
अपना प्यास बुझाया,

नन्हीं कली के
होंठों पर हँसी,

झरनों-सी मस्ती
हर ओर बसी,

बादल के आँचल से
टप टप टपके मोती,

प्यासी धरती को दी
बूदों की सौग़ात नई,

सदा ही बरसते रहो,
हे सुंदर मेघ पावन,

तुमसे ही जीवन में
रंग है और सावन,

बारिश की फुहारें
कोमल, सुहानी,

मन को देतीं शांति,
सुकून और रवानी,

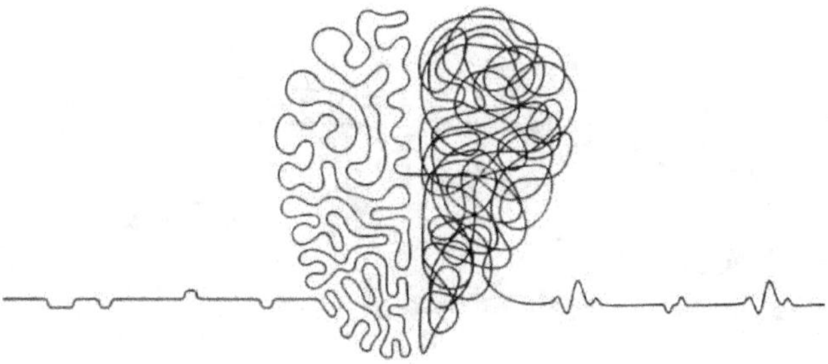

भावनायें

जज्बात भी अजीब होते हैं,
कभी खामोश, कभी कहते हैं
दिल की गहराइयों में छुपे,
बिन बोले भी सब सहते हैं,

कभी खुशी के फूल खिलाते,
कभी अश्कों में भीग जाते हैं,
टूटते हैं, फिर जुड़ जाते,
हर लम्हे को जीते जाते,

उलझनें हों या हो राहत,
हर रंग में हैं ये चाहत,
कभी डराते, कभी बहलाते,
मन को रह-रह कर समझाते,

इनसे ही तो रौनकें हैं,
इनसे ही वीरानियां भी,
जज्बातों की मौन कहानी,
हर दिल की है एक निशानी,

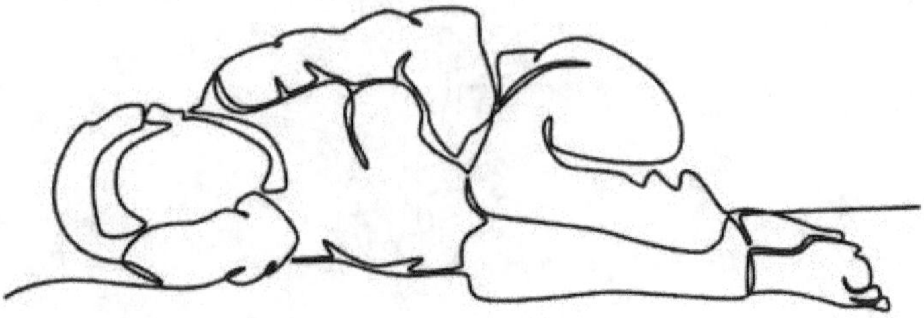

भूखा इंसान

सुबह का गांव,
ओस से भीगे खेत,
पर फसलें झुकीं नहीं,
क्योंकि दाने उगे ही नहीं,
सूखा आसमान महीनों से,
बादलों को तरस रहा था,

कुएं का पानी,
तल तक उतर चुका था,

और चूल्हे पर राख की,
मोटी परत,
भूख के दिनों की,
गिनती बता रही थी,

वो आदमी जो कभी ,
खेत का मालिक था,

आज मिट्टी उसके
पैरों से छूटकर
शहर की तरफ बह चली।

कंधे पर बोरसी,
जिसमें बस एक
फटा तौलिया,
दो जोड़ी कपड़े,
और थोड़ी सी
उम्मीद दबा दी गई थी,

शहर— पहली बार देखा
उसने इतनी
ऊँची-ऊँची इमारतें,
इतनी तेज़ दौड़ती गाड़ियां,

और इतनी बड़ी-बड़ी दुकानें
जिनमें सिर्फ देखने
भर से पेट भर जाए...

लेकिन सच तो ये था
कि पेट देखने से नहीं,
खाने से भरता है,
दिन भर— ईंटें ढोता,
सीमेंट मिलाता,

धूप की लपटों में
अपना पसीना जलाता,

हर घंटा एक
पहाड़ सा लगता,

पर हर मेहनताना
मुट्ठी में बस कुछ
सिक्के डाल जाता।

शाम— बाज़ार में से
गुजरते हुए तवे पर
सिकते परांठों की खुशबू

उसके पांव रोक देती,
पर जेब की खामोशी

उसके कदम
फिर आगे बढ़ा देती।

रात— फुटपाथ की ठंडी
ज़मीन उसका बिस्तर बनती,

नींद से पहले वो
आसमान देखता—

गांव में ये तारे
अपने जैसे लगते थे,
यहाँ ये भी पराए लगते हैं।
भूख—अब सिर्फ पेट में नहीं,
वो दिमाग में घर कर चुकी थी।

खाने का ख्वाब आता
तो नींद टूट जाती,

रोटियों की खुशबू
किसी और की
थाली में उसका
दिल चीर देती।

और तब... वो सोचता—
गांव हो या शहर,

कच्ची मिट्टी हो
या सीमेंट की दीवार,

भूख का चेहरा
एक ही होता है...

और उस चेहरे का नाम है—
भूखा इंसान।

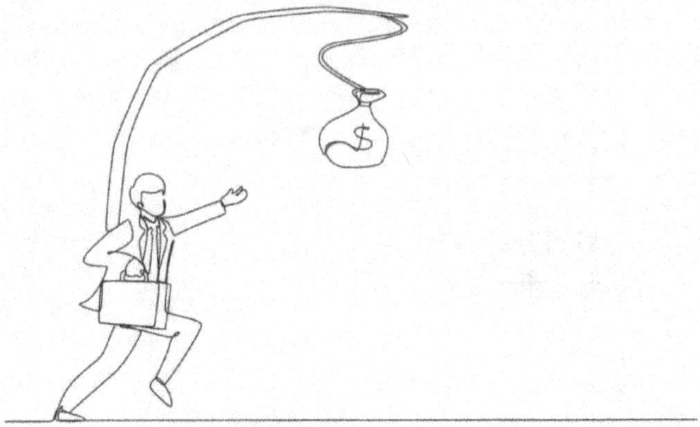

मजबूरियां

चला था एक हमसफर,
जो मेरा हाथ थाम कर,
अचानक इक मोड़ पर,
हाथ छुड़ाकर कहीं वो,
भीड में गुम हो गया,

ढूंढ रहा हूँ आज तक,
उसे इस उम्मीद से,
कि शायद वो अचानक,
कहीं मिल जाये फिर से,

और मेरी विरान जिंदगी,
फिर से हसीन हो जाये,
मगर लगता है मैं शायद,
इतना नसीब वाला नहीं हूँ,

वर्ना वो मेरा हाथ मझधार में,
छोड़ कर कहीं जाता ही नहीं,
अब सोचता हूँ तो लगता है,
शायद उसकी अपनी भी,
कुछ मजबूरिंया रही होगी,

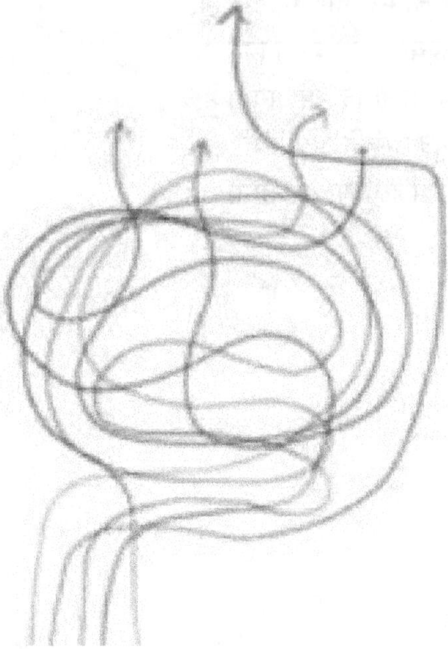

मजबूरी

मजबूर मन ने,
कभी चाहा जो,
खुलकर जीना,

तो हमेशा ही,
चुप रहना पड़ा ,

मन की बातें,
कह न पाया मगर,
दुनिया को हँसकर,
दिखाना पड़ा,

राहों में काँटे थे,
बिखरे बहुत ,

फिर भी सफ़र,
तो निभाना पड़ा,

दिल में भी था,
तूफ़ान गहरा,

मगार चेहरे पर
सुकून सजाना पड़ा,

बहुत इच्छा थीं,
आसमान छूने की,

मगर हकीकत को,
सरेआम देखकर तो,
सिर को झुकाना ही पड़ा,

जिंदगी के हर मोड़ पर,
समझौता करके,

सभी सपनों को
दिल में कैद करना पड़ा,

मजबूरी का भी,
ये खेल है निराला,
इंसान को चुपचाप,
सब पड़ता है सहना,

दिल चाहे जितना,
रो ले खुलकर,

पर आँखों को तो,
हमेशा पड़ता है हंसना,

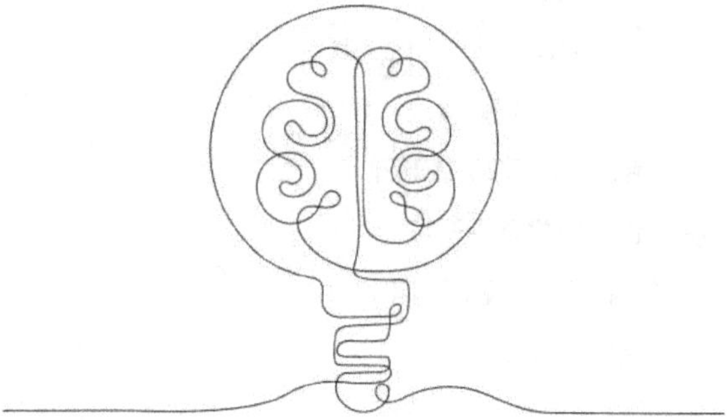

मन का दर्पण

व्यवहार ही दर्पण है,
जो मन का चित्र उकेरे,
शब्दों से जो रूप दिखे,
भावों से वो उसे घेरे।

सिर्फ़ दिखावा मत करना,
करो मन का मन से मेल,
नहीं तो रिश्ते टूट जाऐंगें,
रह जाएगा केवल खेल।

मीठे बोल हों चाहे कम,
पर सच्चे हों और सादे,
गूँज उठे मन भीतर तक,
और झूम झूम कर नाचे,

कड़वे बोल बाण से तेज़,
घाव करें जो गम्भीर,

संवेदनशील हृदय जो टूटें,
फिर घाव करें न जुड़ें बहरे।

हर चेहरा एक सवाल है,
हर मन एक संसार,
व्यवहार से ही बनते हैं,
रिश्तों के आधार।

धन, पद, रूप सब फीके हैं,
जब भाव न हों सच्चे,
व्यवहार से ही मिलते हैं,
मन के मोती अच्छे।

संस्कृति की जड़ें गहरी,
व्यवहार उसका फल,
जो बोया तुमने कल,
वही पाओगे हर पल।

इसलिए व्यवहार में रखो,
संयम, ममता, प्यार,
इसी में जीवन की सफलता,
यही है असली आधार।

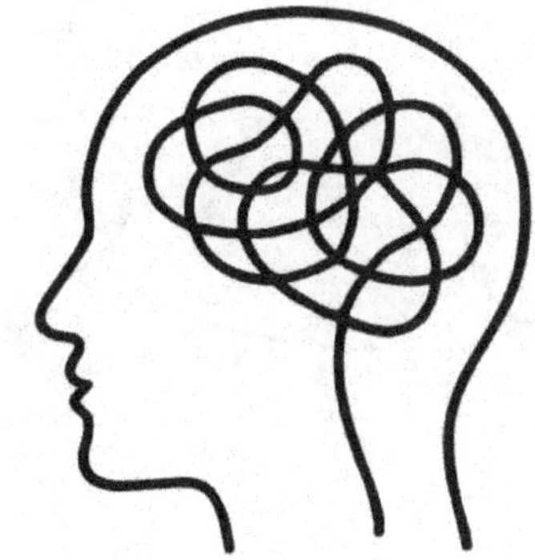

मन की उलझन

उलझे मन में बहुत सी उलझन,
किस राह पर चले ये उलझा मन,

एक तरफ़ सपनों की डगर,
दुजी ओर जिंदगी का सफ़र,

सोच-सोच कर थक गया मन,
कहाँ मिल पाएगा समाधान,

कभी लगता ये बिल्कुल सही है,
फिर दिल कहे नहीं,वही सही है,

उलझन जीवन का एक हिस्सा है,
सुलझे तो मंज़िल करीब लगती है,

न सुलझे तो मन को उलझाती है,
जिंदगी को और मुश्किल बनाती है

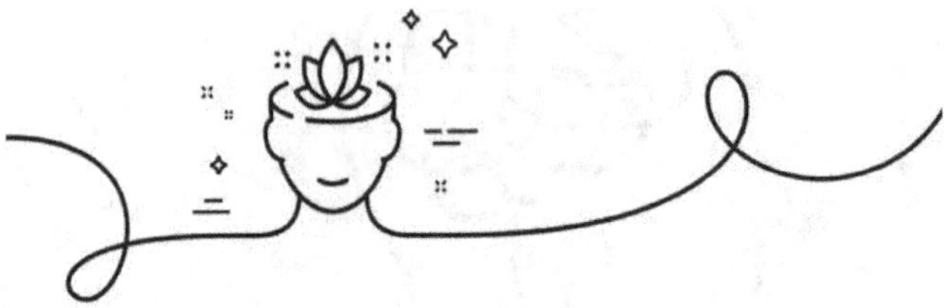

मन की शांति

मन की शांति,
सबसे प्यारी,

जिसमें छुपी,
सुख की चिंगारी,

न क्रोध रहे,
न कोई डर,

बस हो मन
केवल निर्मल,

शांति मिले
सच्चे कर्मों से,

प्यार बहे सदा
मीठे शब्दों से,

लोभ मोह को
जो त्याग दे,

जीवन का रस
आत्मसात करले,

ध्यान लगे जब
मन के भीतर,

सुकून बहे
जैसे गंगा-नीरतर,

सच्ची खुशी
वहीं मिल पाती,

जहाँ मन की
शांति बस जाती

मानवता

मानवता ही है वह दीपक,
जो जलता है अंधियारे में,
न जाति देखे, न मज़हब,
बस देखे मन में इंसान के,

नयनों में करुणा की भाषा,
हृदय में प्रेम का स्थान हो,
जहाँ दया हो, क्षमा हो,
वहीं केवल भगवान हो,

कभी भूखे को रोटी दे दे,
कभी दुख में साथ निभाए,
कभी अश्रु पोछे चुपचाप,
कभी किसी को गले लगाए,

कोई धर्म नहीं सिखाता,
मानवता को नीचा करना,
सच्चा धर्म वही होता है,
जो सबको गले से लगाये,

मानवता है वह संजीवनी,
जो मरते दिलों को जिलाए,
जो बाँट दे अपने हिस्से का सुख,
औरों के दुःख को अपनाए,

आओ फिर से जलाएँ दीपक,
नफरत के तम में न खो जाएँ,
इस धरती पर फिर से,
मानवता का फूल खिलाएँ,

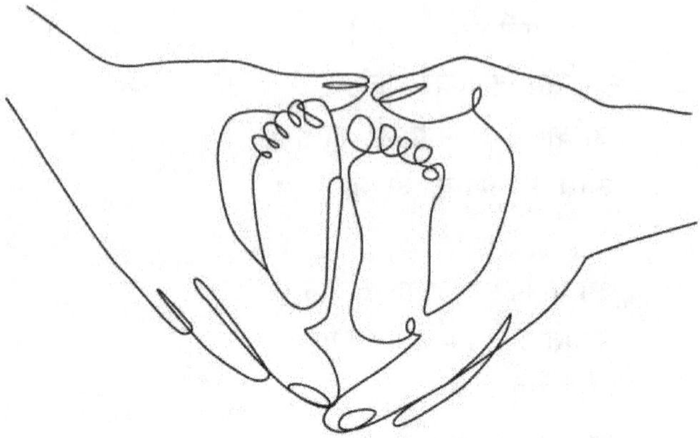

मासूमियत

मासूम चेहरे पर,
सजी हो मुस्कान,

आँखों में चमकती,
टिमटिमाटी सी जान,

न छल, न दिखावा,
न अभिमान,

बस निर्मल,
मन का हो सम्मान,

जैसे भोर की,
पहली किरण,

या फूलों पर
ठहरी शबनम,

मासूमियत ही,
जीवन का सार,

मासूम रिश्तों का,
सच्चा आधार

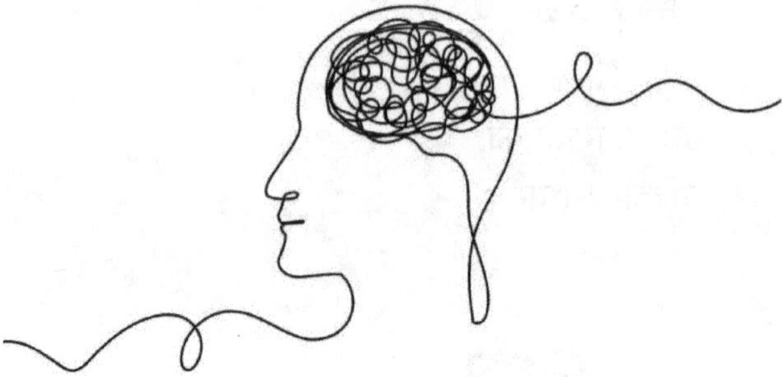

मुसीबत

हर मुसीबत,
इंसान की जिंदगी में,
जब भी आती है,

कभी कहकर,
नहीं आती,
अचानक,
छिपकर,
घेर लेती है,

जैसे कभी कभी,
आँधी तूफान,
अचानक,
तेजी से चल कर,
रास्ते की हर चीज,
तहस नहस,
कर देती है,

कभी कभी तो,
आग बनकर,
दावानल सी,
भड़क जाती है,

कभी नदी की,
बाढ़ बनकर,
सब कुछ,
बहा ले जाती है,

कभी इंसानी,
रिश्तों की,
दीवारें भी
गिरा देती है,

कभी कभी,
तो सपनों की,
नींवों तक
हिला देती है,

आफत सिर्फ़,
दर्द ही नहीं देती,

सहनशीलता भी,
सिखाती है,

टूटे मन को,
नया हौसला,

गिरे हुये,
इंसान को,
संभलना भी,
सिखाती है,

आफत के बाद ही,
सूरज की किरणें,
और तेज़ लगती हैं,

अंधेरे के बाद ही,
रौशनी की क़द्र,
समझ आती है,

आफत चाहे,
जैसी भी हो,

हमेशा,
इंसान के लिये,
इम्तिहान,
बन जाती है,

जो भी इंसान,
इसका डटकर,
सामना करता है,

वही इंसान,
हमेशा जीवन में,
विजयी हो कर,
निकलता है,

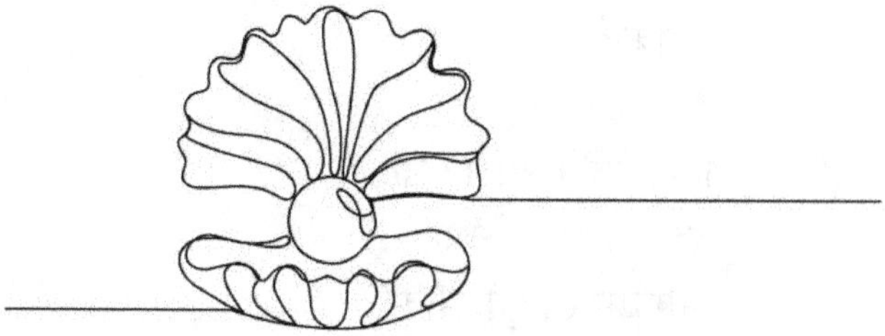

मोती

सागर की
गहराई में,

शांत लहरों की
' में,
एक नन्ही सी
सीप पड़ी थी,

अपने भीतर
कुछ छुपाए थी,

धूप की किरण,
उस तक न पहुँची,

तूफ़ानों की लहर भी,
उसे न छू पाई,

वह चुपचाप,
सहती रही रेत,

और नमक की,
कसकाई,

दिन, महीने, साल गुज़रे,
दर्द ने आकार लिया,
और उस सीप के भीतर
एक सुंदर चमकते
मोती ने जन्म लिया,

लोग समझते बस
किस्मत का खेल,

पर उसने सहा था

एक लंबा मेल-धैर्य,
सहनशीलता और
विश्वास का,

जो हर कठिनाई में,
था साथ उसका,

सीप ने न कभी
शोर मचाया,

न किसी कोअपनी
तकलीफ़ गिनाई,

बस भीतर ही भीतर
अपनी पहचान बनाई,

यूँ ही इंसान भी,
जब चुपचाप,
संघर्ष करता है,

तो वक़्त रूपी ,
सागर में,
वो अपने लिये,
मोती गढ़ता है,

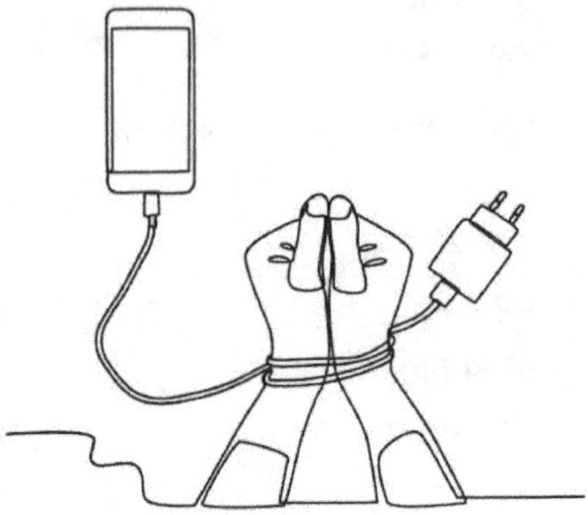

मोबाईल का असर

घर में चारों ओर,
धना सन्नाटा है,
हर कोई बस
अपने अपने कमरों में,
मोबाइल में अटका है।

बातें अब आमने सामने,
बैठकर नजरों से,
बिल्कुल नहीं होती,
चैटिंग की दुनिया में,
पूरी पूरी रातें खोती है,

बच्चे भी अब मैदान में,
खेल नहीं खेलते,
वो स्क्रीन पर ही,
खेल खेलकर,
खुश होकर चिल्लाते हैं,

सब लोग घर में,
रहते हुये भी
सन्नाटा देखकर,
लगता है कि,
घर में कोई है ही नहीं,

माता पिता पास हैं,
मगर किसीके पास भी ,
कुछ समय उनके,
साथ बिताने को नही है,
सब अपने-अपने,
कोनों में सिमटे रहते हैं।

दादा दादी की कहानियाँ,
छोटे बच्चों के लिये,
अब अनसुनी रह गईं हैं,
वीडियो में ही,
बच्चों की दुनिया,
सिमटकर रह गई।

कोई भी हंसी ,खुशी,
और मुस्कान अब,
मिलकर बाँटी नहीं जाती,
बस इमोजी में ही,
खुशियाँ भेजी जाती है,

मोबाईल की बेतहाशा,
लत से कहीं,
कहीं रिश्ते नाते

और दुनियादारी,
इस तरह से,
बिखर ना जाएँ,
कि दोबारा संभालने,
पर भी न संभल पाये,

चलो कोशिश कर,
रोजाना कुछ पल,
बिना स्क्रीन के बितायें,
फिर से अपनी पुरानी यादों,
संस्कारों को वापिस लायें,
और उनको सहेजकर रखें,

रंगों की सौगात

रंग बिरंगी दुनिया में,
रंगों की है अपनी ,
एक अलग ही बात,
जो पूरी दुनिया को,
रंगीन बनाये,

नीले आसमां की छांव तले
हर रंग अपनी शान दिखाये,
कुछ लगें धूप की तरह तेज़,
कुछ चुपचाप जज़्बात जगायें,

लाल जले जब मन में प्रेम पले,
हृदय में हो क्रांति की बात,
हर एक धड़कन बोल उठे,
अब न रहे कोई भी आघात,

हरा रंग खिले उम्मीदों सा,
सूखी डाली पर भी मुस्काए,
भविष्य के हर मोड़ पर
नई सुबह की किरण दिखाए,

पीला रंग हो जैसे संन्यास,
शांत, सरल, सहज, निराला,
भीड़ में भी एकाकी सा मगर,
फिर भी भीतर उजियाला।

सफेद रंग में सब रंग समाए,
शुद्धता की मिसाल बनाये,
ना कोई छल, ना कोई द्वेष,
बस सच्चाई के गीत सुनाये,

रंगों का यह खेल निराला,
जीवन का हर भाव समेटे,
जिसने देखे इनके स्वरूप,
वो खुद से खुद को जोड़े

रक्षा बंधन

रक्षा का बंधन यह,
कोई साधारण नहीं,

स्नेह, विश्वास का,
प्यारा गहना है,

रिश्तों के मोती
पिरोती हुई,

यह डोर प्रेम का,
सुन्दर गहना है,

भाई की कलाई पर
जब सजती, यह डोर

बहना का मन
हर्ष से भर जाता,
दूर रहो या
पास कहीं भी,

यह बंधन मन
को जोड़ता है,

संकट की आंधी,
चाहे आये कभी,
दुश्मन चाहे डगर में,
रुकावट डालें,

राखी की सौगंध,
उठाकर भाई,

बहना के सपनों की
रक्षा कर डाले,

ये सिर्फ धागा नहीं,
वचन है,जो जिंदगी,
भर निभाया जाता है,
हमेशा भाई के द्वारा,

हर श्रावणी में,
फिर से सजे,

प्रेम का पर्व,
मनाया जाता है,

सच है,राखी की है,
डोर अनोखी,

जिसमें आँसू,
और हँसी बंधे हैं,

माँ की दुआओं,
की सुंदर छाया में,

भाई-बहन सदा,
खिले-खिले हैं,

राहगीर

राहें जिंदगी में कभी,
आसान नहीं होतीं,

कभी धूप जलाती है,

कभी तूफ़ान डराता है,

कभी मंज़िल की
दूरी दिल को
निराश कर जाती है।

पर राहगीर जानता है
संघर्ष ही उसका
असली साथी है,

जो थकाकर उसके
शरीर को और भी ,
मज़बूत बनाता है,

पैरों में छाले हों,
सांसें भारी हों,

फिर भी कदमों का
रुकना मुमकिन नहीं,

क्योंकि हर
संघर्ष सिखाता है
हार के बाद ही
जीत मिलती है

पत्थरों से ठोकर खाकर,
वह चलना सीखता है,
अंधेरों से गुज़रकर,
उजाले को पहचानना स सीखता है,

संघर्ष ही उसकी
असली पहचान है,
संघर्ष ही उसकी ताक़त है,

राहगीर का हर उठता हुआ,
क़दम कहता है,
मैं गिरकर भी उठ जाऊँगा,
क्योंकि मेरी राह कभी,
मुझे हारने नहीं देगी

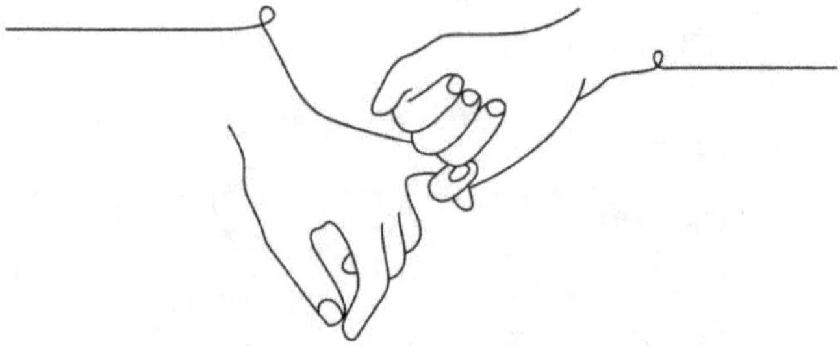

वचन

जुबान दी थी
एक दिन,
बड़े यक़ीन से,
पूरे मन से,
न कोई लिखित,
न दस्तख़त थे,
सिर्फ़ लफ़्ज़ों में
वचन बंद थे,

वो लम्हा साक्षी था
सच्चाई का,
जहाँ शब्द ही थे
गवाही का,
दिल की आवाज़ थी
सीधी-सादी,
न कोई चाल,
न मक्कारी-बादी,

ज़ुबान देना
आसान नहीं,
ये सिर्फ़ बोल नहीं,
पहचान नहीं,
ये तो वादा है
आत्मा का,
जो जुड़ता है
विश्वास से,

तोड़ दी जाए
तो टूटे रिश्ता,
सिर्फ़ भरोसे का नहीं,
खुद का भी हिस्सा,

इसलिए
जब ज़ुबान दो,
सोच के दो,
कि निभा सको,
तो ही संकल्प लो,

वजूद

वजूद मेरा ढूँढता फिरा,
हर भीड़ में, हर आईने में।
कभी सवालों की शक्ल में,
कभी जवाबों के सीने में।

बचपन में था सपनों जैसा,
कोरे कागज़ पर नाम मेरा,
हर रंग से खेला था तब,
हर रेखा में था काम मेरा।

समय के साथ वो रेखाएँ,
धुंधली सी होती गईं,
और मेरा वजूद भी जैसे
किसी मोड़ पर खोती गई।

दुनिया ने दी पहचानें हज़ार,
पर मैं तो बस “मैं” ही रहा,
उन नामों के पीछे छिपा,
एक अधूरा सा रह गया।

कभी रिश्तों में, कभी रुतबों में,
वजूद को बाँधा गया,
पर जब आई ख़ामोशी की रात,
सच का चेहरा उजागर हुआ।

अब सीख लिया है मैंने,
कि वजूद कोई नाम नहीं,
न ओहदा, न शोहरत की छाँव,
वो तो बस खुद से मिलने का एक काम है।

जब तुम खुद से आंख मिलाओ,
हर डर, हर दिखावे से हट जाओ,
तब जो शख़्स सामने खड़ा हो,
वही तुम्हारा सच्चा वजूद है।

विचित्र

कितना विचित्र है ये,
जीवन का बहाव,
क्षणभंगुर फिर भी,
चिर स्थायी भाव,

हर पल में छिपा,
कोई ना कोई संदेश,
मौन भी कुछ बोले,
बाकी शब्द भी अशेष,

अद्भुत है वह,
चेतना की लहर,
जो भीतर बहती,
सागर-सी निर्मल,

न रूप में बंधी,
न नाम में ठहरी,
फिर भी सबमें,
सदा व्याप्त रहेगी,

अद्भुत है प्रश्नों की,
वह ज्वलंत अग्नि,
जो मन को जलाए,
फिर बने अनुराग,

अद्भुत है यह संयोग,
समय का वियोग,
क्षण भर का साथ,
फिर शून्य का रोग,

फिर भी हर पल में
पूर्णता समाई हुई,
जैसे हर बूँद में ही
सागर समाई हुई,

अद्भुत है मृत्यु,
अद्भुत है जन्म,
दोनों एक ही
शाश्वत कर्म।

एक ओर अन्त,
दूसरी ओर आरम्भ,
यही तो है ब्रह्म का,
सनातन अद्भुत धर्म,

बहुत ही अद्भुत है
यह दृष्टा भाव,
जो देखे सब कुछ
पर रहे अलगाव।

ना सुख में फँसे,
ना दुःख से डरे,
जो केवल देखे,
वर्तमान समय,

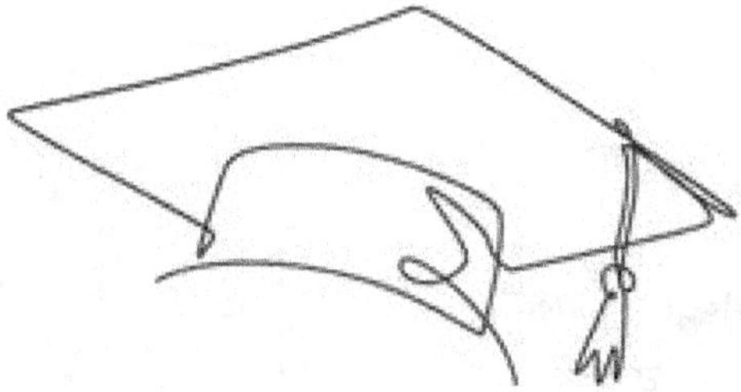

विद्वान

विद्या वान व्यक्ति,
जिसके विचारों में,
गहराई हो,
वाणी में मधुरता,
सच्चाई हो,

जो ज्ञान का दीप,
जलाए सदा,
अंधकार से न,
डरने वाला हो,

किताबें जिसकी
संगीनी हों,
तर्क से जो
बात बनाए,

संशय को भी
जो सुलझा दे,
ज्ञान से,
दीपक जलाए,

धैर्य जिसे श्रृंगार लगे,
मौन भी जिसका,
विचार बने,

शब्दों में जिसके,
औषधि छुपी,
जो हर मन को,
संवार चले,

न सम्मान की
अभिलाषा रखे,
न पद की,
कोई चाह उसे,

बस सत्य का,
अन्वेषण करके,
दुनिया को,
राह दिखाए,

ऐसा ही होता है,
विद्वान,
नभ-सा ऊँचा,
फिर भी,
विनम्र ज्ञान,

उसके बिना,
अधूरी है ये सृष्टि,
वह है धरा का,
सच्चा श्रृंगार

विधाता

विधाता तू है सृष्टिकर्ता,
तेरे ही हैं ये सब खेल,
कभी बना दे राजा माटी,
कभी भिखारी अनमेल,

तूने रेखा खींच दी पहले,
भाग्य बना संजोग,
कर्म करे मानव यहाँ,
भरे भाग्य का लेख,

तेरे लेखे टल नहीं सकता,
कोई भी चतुर सुजान,
धनवान हो या निर्धन कोई,
सब तेरे घर पर मेहमान,

सूरज-चाँद सितारे गाते,
तेरा ही गुणगान,
सागर,पर्वत, वन-उपवन,
सब तेरी ही पहचान,

तू ही घट का प्राण है,
तू ही अपरम्पार ,
तुझसे कौन भला अज्ञान,
इस जीवन के सफर में,

पर विधाता! न्याय हो,
हर एक प्राणी के संग,
कभी भी अन्याय न हो ,
किसी भी प़ाणी के संग,

जो पसीना बहाए धरती पर,
उसका फल उसे मिल जाए,
जो छल-कपट करे जग में,
उसका दंङ जरूर पाये,

तू है बंधु, तू ही सहारा,
हर जन का रखवाला,
तेरे दर पर झुका है सिर,
कर दे कृपा निराला,

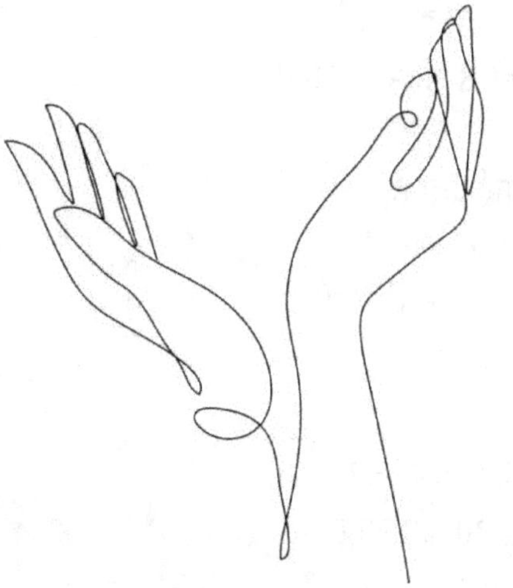

विश्वास

विश्वास वो दीपक है,
जो अंधेरों में जलता है,

हर तूफ़ान से लड़कर भी,
फिर से खुद में संभलता है,

न दिखता है, न टलता है,
पर दिल से निकलता है,

कभी रिश्तों में पलता है,
कभी खुद से भी चलता है,

भरोसा माँ की ममता-सा,
जो बिना शर्त के मिलता है,

बिना कहे वो हर दर्द को,
बुझे चेहरे से भी पढ़ सकता है,

वो दिखाई देता है,
तो दोस्त की हँसी में,
और एक सच्चे दिल की,
हर एक धड़कन में,

भरोसा टूट जाये जाए ,
तो समय भी थम जाए,

बना रहे ये तो ज़िंदगी,
आसान भी बन जाए,

भरोसा है तो
राहें खुलती हैं,

वरना तो मंज़िलें भी
उलझ जाती हैं।

भरोसा करना बहुत
हिम्मत की बात है,

क्योंकि ये दिल की
सबसे बड़ी सौगात है,

कभी किसी पर करना,
कभी खुद पर करना,

भरोसा जब भी करना,
बहुत सोच-समझकर,
और पूरे मन से करना,

वो निकला घर से

वो निकला घर से,
अपने कंधों पर,
उम्मीदों का बोझ,

आंखों में कुछ अधूरे,
सपनों की चमक,

हथेलियों में,
मेहनत की गर्माहट,

और दिल में एक,
अनकही दुआ,
साथ लेकर,

गली के मोड़ पर,
माँ की निगाहें,
उसे आखिरी बार,
देख रही थीं,

जैसे आंखों से ही,
कह रही हो,
सावधान रहना बेटा,

ये दुनिया सिर्फ,
मुस्कुराती नहीं,

कभी-कभार,
रुला भी देती है,

सड़क पर,
कदम बढ़ाते हुए,
वो सोच रहा था,

आज का सफर,
बस एक,
मंज़िल नहीं,

बल्कि कल के,
रास्तों को,
आसान बनाने की,
कोशिश है,
हवा में उड़ते पत्ते,

मानो उसके,
साथ चल रहे थे,

और सूरज की,
किरणें उसके माथे,

पर हिम्मत की,
लकीरें खींच रही थीं,

वो निकला घर से,
शायद लौट आएगा,
शाम होने तक,

या फिर घर लौटेगा,
अपने अधूरे सपनों,
को पूरा करके और,
नये सपनों की,
उम्मीद लेकर,
पर लौटेगा ज़रूर,

क्योंकि घर से,
निकली सच्ची,
चाहत हमेशा,
घर का रास्ता,
जानती है,

वो भी चाह्ता था

वो भी चाह्ता था,
कि बड़ा होकर,
वो अपनी जिंदगी में,
बड़ा अफसर बनकर,
और कोई बड़ा काम कर,
अपने खानदान का नाम,
रोशन का प्रयास करे l

इसी आस को लेकर,
उसने अपनी जिंदगी की,
शुरूआत की,
एक प्राइवेट कंपनी में,
नौकरी करके,
एक क्लर्क के पद पर,
क्यूंकि वो ज्यादा,

पढा लिखा नहीं था l
जिंदगी शुरू हो गई,
और धीरे-धीरे कटने लगी,
कुछ दिन तक तो,
सब कुछ ठीक ठाक,
चलता रहा l

मगर अकस्मात एक दिन,
किस्मत ने पलटा खाया,
उसको अस्पताल पहुंचाया,
टेस्टों और दवाईयो के,
चक्कर में बुरी तरह से,
उलझाकर,
उसकी नौकरी से भी,
बेदखल करवाया l

वो अब अपनी जिंदगी से,
कुछ हैरान और परेशान था,
घर में खाने के लाले पड गये,
मुसीबतों और मुश्किलों ने,
घर में लगता है शायद,
डेरा कर लिया है l

अब वो सोचता है,
कि शायद ये सब कुछ,
उसकी किस्मत में नहीं है,
लेकिन वो फिर भी,
हार नहीं मानेगा l
कोशिश में लगा रह कर ,

अपनी किस्मत को बदलेगा,
और हर हाल में,
बड़ा और सफल आदमी,
बन कर ही रहेगा l

अपने सपनों को साकार.
करने के लिये सच्ची,
मेहनत करेगा जिंदगी भर,
पूरा मन लगाकर l

शब्दों का जाल

शब्द नहीं बस ध्वनि नहीं,
ये तो भावों की परछाईं हैं
कभी सुकून, कभी चुभन,
कभी अधूरी सच्चाई हैं।

शब्दों से बनती है दुनिया,
शब्दों से बिखर जाती है,
इनमें ही बसे हैं हम सब,
शब्दों में ही हर कहानी है,

चुप रह कर भी बहुत कहा,
और बोल कर खो भी दिया,
शब्दों की ही ये ताक़त है,
जिसने कभी जोड़ भी दिया,
वक्त आने पर तोड़ भी दिया।

शहर की भीड़ में

शहर की भीड़ थी,
हर चेहरा जल्दी में,
हर कदम बेसब्र।
किसी को कहीं
पहुंचना था,

इसी दौड़ में,
एक मोड़ पर
ठहर गई नजर —
वो, एक अजनबी,
पर जैसे कहीं
देखा हो पहले भी।

लाल बत्ती पर
खड़ी थी ज़िन्दगी,
और कुछ पल के लिए
वक़्त ने भी ट्रैफिक
जाम सा ठहराव ले लिया।

वो कॉफी की
दुकान के कोने में बैठा,

किताब पढ़ता रहा,
और मैं...
बस एक नज़ाकत से
उसे देखती रही,
जैसे कोई पुरानी कविता
फिर से मिल गई हो।

हम दोनों अजनबी थे,
पर हवा में कुछ
कहना चाहता था,
जैसे शहर ने
हमारी मुलाकात का
एक खास वक़्त
तय किया हो।

ना नाम, ना नंबर,
बस एक मुस्कान की
अदला-बदली।
फिर हम भीड़ में
लौट गए
वहीं जहाँ से आए थे,
पर अब दिल में एक
चेहरा साथ लिए।

शहर की ये
अनजानी मुलाकातें,
ठहरती नहीं,
पर रह जाती हैं
किसी रेड लाइट पर,

किसी कॉफी
कप के किनारे,
या दिल के
किसी कोने में
शहर की भीड़ की
आवाज़ों के बीच
धीरे से मुस्कुराते हुए।

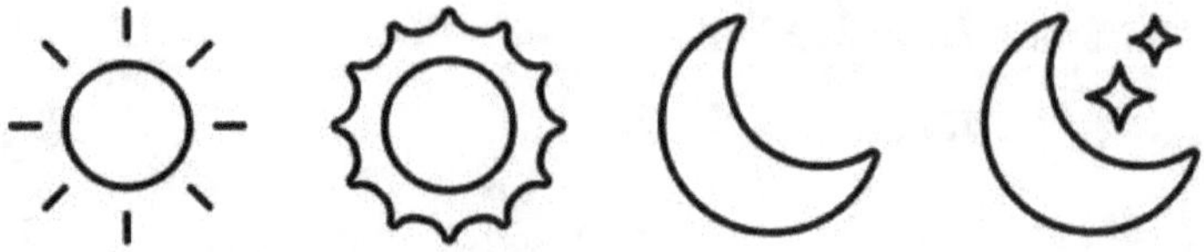

शाम सवेरे

सूरज की सुनहरी किरणों से,
रोज सुबह सवेरा जब आता है,
हर इंसान के मन में,
उम्मीदों का दीप जलाता है,
हर कोना रोशन, हर मन जागे,
नई शुरुआत की आस जगा दे,

चिड़ियों की मधुर चहचहाहट,
धीरे धीरे से चलती ठंडी हवा,
हर पल में बसती है कोई दुआ,
मन में उमंगें, आँखों में नज़ारे,
सवेरा है जैसे नये जीवन की,
उम्मीद और आस के सहारे,

फिर ढलते-ढलते दिन,
जब थक कर रुक जाता है
धीरे-धीरे सूरज छिप जाता है,
शाम का रंग गहरा होते होते,
हर कोई खुद में खो जाता है,

चाँद की हल्की हल्की रोशनी में,
तारों की चादर का जमघट,

ले के आता है एक नई रवानी।
कुछ अधूरी बातें, कुछ शांत लम्हे,
जिंदगी में ठहराव की,
यही है असली कहानी

सवेरा ऊर्जा से है भरपूर
उत्साह से सरोबार,
शाम है सुकून, थकी रूह की रात,
दोनों हैं जीवन के अपने किनारे,
शाम-सवेरे — दो रंग जीवन के हमारे।

शिक्षक दिवस

ज्ञान का दीप जलाने वाले,
अंधकार को मिटाने वाले,

शिक्षक जीवन के वह राही,
सत्य की राह दिखाने वाले,

संस्कारों की अमूल्य निधि,
विद्या का देते सदा उपहार,

शिक्षक हैं जीवन के सृजनहार,
आदर्शों के हैं अमूल्य आधार,

कठिनाई में राह दिखाते,
सपनों को सच बनाते ,

हर छात्र के मन में आशा के,
नवजीवन के लिये दीप जलाते,
शिक्षक केवल शिक्षा ही नहीं,

चरित्र निर्माण भी करते हैं,
जीवन-पथ पर सच्चाई के,

सदा सदा ही दीप जलाते हैं,
आओ शिक्षक दिवस पर,

हम सब मिलकर ये प्रण लें,
गुरु का सम्मान करेंगे सब,
उनकी शिक्षाओं पर चलेंगें

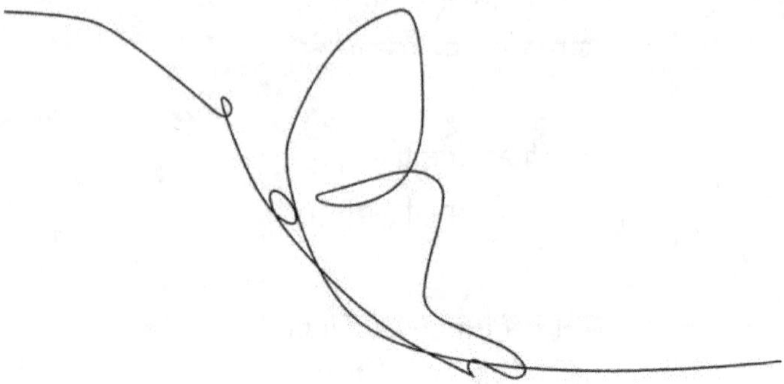

संयोग

नियति के निमंत्रण को,
कोई नहीं जानता,
कहाँ कौन किससे,
कब और कैसे मिलेंगे,

अदृश्य डोरों में,
बंधकर इंसान ही तो,
अनजाने पथ पर,
सहसा साथ चलेंगें,

संयोग आता जब
न बोले कभी कुछ,
मूक किन्तु सब कुछ
कहता है हृदय से,

क्षणिक उस मिलन
में छिपे युग अनेक,
अपूर्व प्रेम फूटे वेग से,
हर एक हृदय से ढेर,

ना तो कभी प्रयत्नों से,
वो पास आ सका ,
ना ही वियोगों से वो,
कभी दूर जा सका,

जो बंधा भावों की,
शुद्ध भावनाओं से,
संयोग से वही तो,
सत्य को पा सका,

संघर्ष

संघर्ष ही है जीवन की पहचान,
इसी से बनता है इंसान महान,
आंधियों में भी जो दीप जलाए,
अंधियारे में सही राह दिखाए,

पत्थरों से टकराकर ही धारा ,
समंदर तक पहुंच पाती है ,
काँटों से भरी राहों पर चलकर,
ही खर खु तोलते हैं फूलों के द्वार,

संघर्ष हमें साहस सिखाता है,
हर गिरने पर उठना बताता है,
हार मानकर जो रुक जाए,
वो मंज़िल को छू नहीं पाए,

संघर्ष ही है शक्ति का सार,
संघर्ष से ही होता उद्धार,
हर मुश्किल को हँसकर सहो,
जीवन में आगे बढ़ते रह

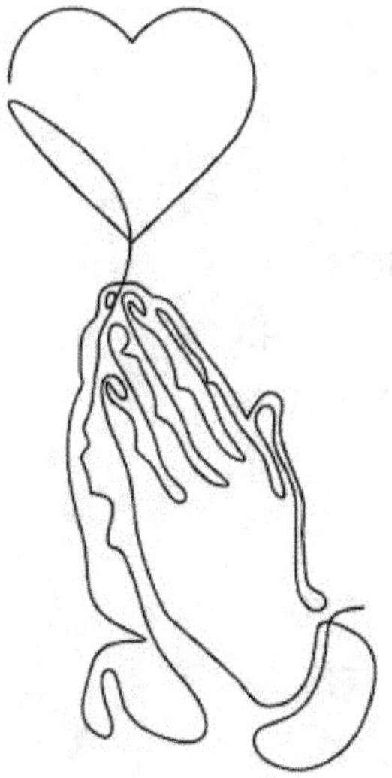

संस्कार

संस्कार है वह गहना
जो आत्मा में समाए,
हमारे जीवन को हमेशा,
अच्छे रास्ते पर लाये,

नैतिकता और सच्चाई,
ये उसका आधार है,
संस्कार से ही होता है
जीवन में सच्चा और
पारदर्शी प्यार।

समानता, विनम्रता,
और सबका आदर
सत्कार करना,
संस्कारों की ही

विरासत और,
जीवन का सच्चा
साक्षात्कार है,

माँ-बाप से मिलती सीख,
गुरुओं का आशीर्वाद और,
संस्कारों से ही बनते हैं सब,
जीवन में असली मार्गदर्शक।

जब संस्कार हों मन में,
हर कर्म बने निष्कलंक,
संसार में निरन्तर शांति,
और न हो कोई चक्कर,

संस्कार से ही हम
अपने कर्तव्यों को समझें,
न्याय, ईमानदारी और
सच्चाई की राह पर चलें।

संस्कारों से बसी है
हर दिल में अच्छाई,
यही है जीवन का सार,
और सच्ची राह की चढ़ाई।

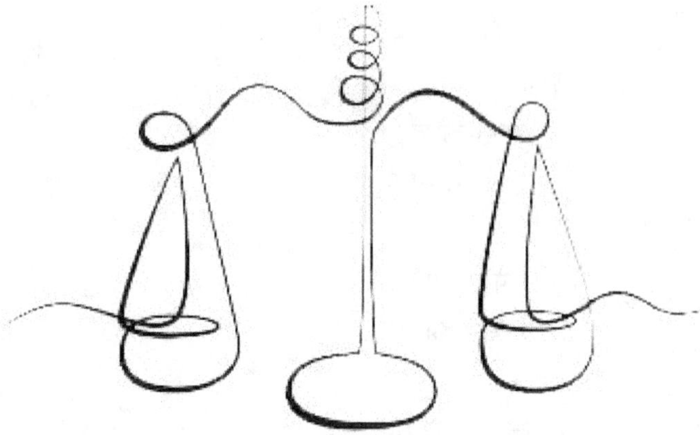

सच की राह

समय नहीं है
बहसों का अब,
काम से बात
बनानी है,

हर दिन जैसे
अंतिम हो,

ऐसी जिद
जगानी है,

समय नहीं है
थकने का अब,

पूरे जग को
राह दिखानी है,

खुद ही दीप
बन जलना है,

तमस को दूर
तक भगाना है,

समय नहीं है
सोचने का अब,

कर्म ही अपनी
पूजा मानी है,

जो बीत गया,
वो सपना था,

अब तो सबको
सच की राह
पर चलाना है

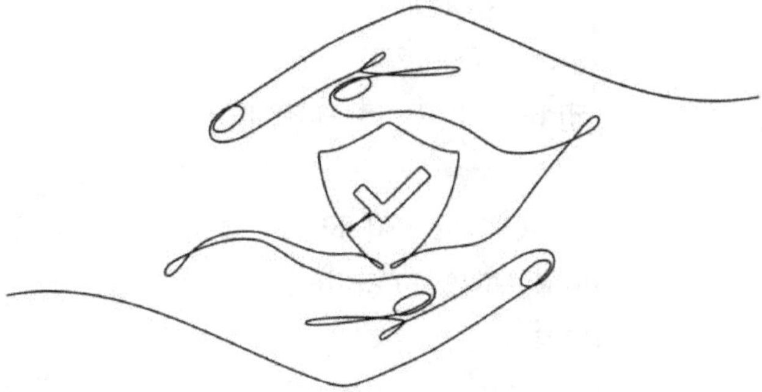

सच्चा मनोबल

इंसान का मनोबल सच्चा,
हर पल उसके संग चलता,

समय, परिस्थिति के संग-संग,
सही निर्णय पथ पर रखता,

मन अगर हार मान ही जाए,
तो राहों में बाधा आए,

कदम बढ़ाना चाहे आगे,
जंजीरों का बोझा पाए,

लेकिन यदि मन ठान ही ले,
मुश्किल भी आसान हो जाए,

घना अंधेरा जब घेर ले,
दीपक भी आसमान हो जाए,

हार न होती बाहर से,
भीतर ही जन्म लिया करती,
लेकिन जीत भी वहीं से उठकर,

हर बार विजय दिया करती,
मन ही साथी, मन ही मीत,
मन में है हार और जीत,
मन के हारे जग हारता,
मन के जीते जग जीतता

सत्कार

घर का दीपक,
दिल का उजाला,
आदर-सत्कार है,
परंपरा वाला,

संस्कृति की यह,
शुद्ध पहचान,
स्नेह से भरता है
हर एक प्राण,

जो आए द्वार,
वो अतिथि हमारे,
देव समान सब,
माने जाते प्यारे,

मधुर वचनों से करें,
हम उनका वंदन,
मन से प्रीत से करें,
तन-मन का अर्पण,

न केवल थाल में हो,
पकवानों की भीड़,
मगर मन में भी हो,
प्रेम बहुत ही महान,

मधुर मुस्कान से हो,
स्वागत कुछ ऐसा,
जिससे मन खिल उठे,
कोई सुन्दर वन-वैसा,

वृद्ध हो, शिशु हो,या
कोई भी हो मेहमान,
सबमें देखें हमेशा हम,
ईश्वर का सच्चा ज्ञान,

दूसरों को आदर देना,
ये न केवल रस्मों समान,
यह तो मानव जीवन की,
गहराई को बनाये महान,

संस्कारों की नींव है,
यह सुन्दर आधार,
बनती इससे है,
जीवन की सार,

जहाँ हो सबका सम्मान,
और हो प्यार का वरदान,
वहीं फले फूले और खिले,
भरे पूरे परिवार का मान,

समझौता जिंदगी से

चलते-चलते राहें बदलीं,
मंज़िल ने मुँह मोड़ लिया,
हर मोड़ पे देखा सपनों ने,
खुद को ही तोड़ लिया।

कभी खुशी के झूठे किस्से,
कभी ग़म की परछाईं,
हर कदम पर तन्हाई ने,
अपनी रज़ा जताई।

कभी ख़्वाबों का सौदा कर,
हकीकत को अपनाया,
ज़िंदगी के इस मेले में,
खुद को ही बहलाया।

समझौते की डोर थामी,
उलझी-सी हर बात रही,
हर चाहत के पैमानों में,
बस खोई-सी बात रही।

पर जब देखा आईना,
तो चेहरा मुस्काता था,
हर शिकवा और शिकायत को,
कोई गीत सुनाता था।

समझौता है, पर हार नहीं,
यह जीने की एक पहचान है,
ज़िंदगी से जो सीखा हमने,
वही तो असली जान है।

समझौता

समझौता इंसान की,
जिंदगी का एक,
महत्वपूर्ण अंग है,
ये जरूरत भी है,
और जरूरी भी है,

जिंदगी की हर डगर पर,
अक्सर मिलती हैं दो राहें,

एक अपने मन की होती,
दूसरी जग की चाहें,

मन कहे – सच्चाई पर चलो,
दिल कहे – रिश्ते संभालो,

कभी तर्क की जीत हो जाती,
कभी भावनाएँ थाम लो,

हर पल कोई शर्त नहीं होती,
ना ही सब कुछ त्याग होता,

कभी थोड़ा सा झुक जाना भी,
सबसे बड़ा सौभाग्य होता,

समझौता हार नहीं कहलाता,
ये तो जिंदगी की रणनीति है,

जहाँ अहंकार ढह जाता है,
वहीं प्रेम की जीत होती है,

जिंदगी तो संतुलन का नाम है,
ना सब अपना, ना सब पराया,

खुशियों की डोर थामने को,
कभी करना पड़ता है समझौता,

समय की कमी

घड़ी की सुइयाँ,
जैसे प्यासे परिंदे,

पलकों से पल,
चुरा ले जाते हैं,

दिन का सूरज,
बिना रुके भागे,

और अधूरे सपने
धूप में सूख जाते हैं,

मेज़ पर चाय,
ठंडी पड़ी है,

किताब का पन्ना,
आधा खुला,

मोबाइल की,
घंटी बजती रहीं,

और मन कहीं,
और ही भूला,

अपनों को चिट्ठी,
लिखनी थी,

ख़ुद से भी कुछ,
बातें करनी थीं,

पर कामों के,
जंगल में हम,

बस उलझी,
पगडंडियाँ
चलनी थीं,

चलो,
एक पल को,

ठहर जाएँ,

न घड़ी देखें,
न मंज़िल की दूरी,

साँस की गरमाहट,
महसूस करें,

और भर लें जीवन में,
थोड़ी सी पूरी,

.

शायद समय की,
कमी नहीं थी,

हम ही कम वक़्त,
वाले हो गए थे,

ज़िंदगी वहीं थी,
पास हमारे,

हम ही उससे,
दूर हो गए थे,

समय

समय बहुत ही,
अनमोल है,
समय न रुकता है,
ये न कभी थमता है,
ये तो बस बहता है,
अविरल झरना है।

सुख में जैसे गीत बने,
दुख में सन्नाटा करना है।
हर पल इसका
 मोल अनोखा,
नाप सके ना कोई तोखा।
जो गंवाया, वो ना पाया,
इसकी चाल बड़ी ही चौका।

समय सिखाता,
 समय गिराता,
 समय ही फिर संभालता है।
राजा रंक बना देता ये,

कभी कंगाल, कभी मालता है।
समय के संग जो चल पाया,
उसने जीवन सही पाया।
जो अटका बीते लम्हों में,
उसने केवल पछताया।

हर क्षण इसका वरदान है,
कर ले जो पहचान है।
आज ही सबसे उत्तम है,
कल की केवल अनुमान है।

चलो समय को ना गंवाएँ,
हर पल को जीते जाएँ।
कर्म से नाता जोड़ें हम,
स्वर्णिम भविष्य फिर पाएँ।

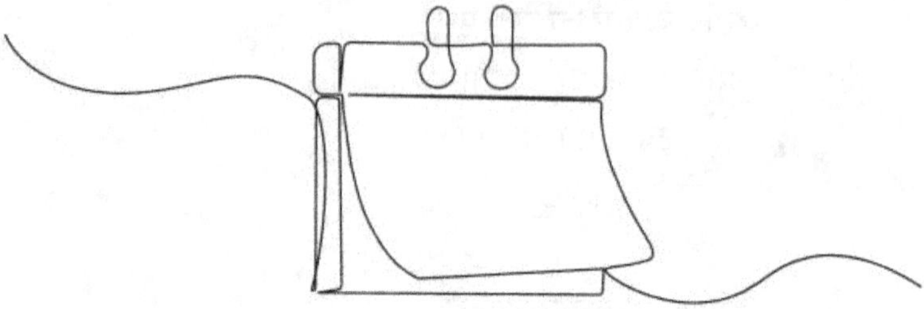

समयानुसार

जब बीज मिट्टी में,
बोया होता है,
उस समय वो भी,
पेड़ बनने का,
सपना देखता है,

हर बूंद धूप की,
हर कतरा पानी का,
उसे हर समय हमेशा,
सही समय का,
इंतज़ार होता है,

जल्दी में जो फल,
तोड़ लिया जाता है,
उसका स्वाद अधूरा ही,
रह जाता है,

पर अगर उसको धैर्य से,
धीरे धीरे पकने दें,

तो उसकी मिठास का,
आनंद जीवन भर,
हर्षित होकर उठायोगे,

घड़ी की सुइयों से,
आगे मत भागो,
जो कुछ भी मिला है,
उसे सहेज के जागो,

हर चीज़ का वक्त
तय है यहां,
वो चीज भी आएगी —
जो तुम्हारी है वहां।

कभी मत उलझो,
कल की चिंता में,
और ना पछताओ,
बीते पल के बारें में

आजकल की गिनती में
वर्तमान समय ही
सबसे बड़ी पूंजी है,
यहीं से निकलती है
सही समय, की कुंजी है,

समाजिक कार्य

चलो करें कुछ ऐसा काम,
जिससे हो जीवन में नाम,
न हो बस अपने हित की सोच,
बनें सभी के दुख की खोज,

हर सुबह उठे ये प्रण लिए,
हम चलें सच्चे पथ पर दिए,
ना झूठ, ना छल, ना अन्याय,
बस सत्य हो जीवन की छाया।

जो गिर रहा है, थाम लें उसे,
जो खो रहा है, जान ले उसे
एक हल्की सी मुस्कान,
किसी की बना दे दिन,
शुभ कर्मों से चमके हर दिन,

न हो दिखावा, न हो कोई शोर,
बस हो भीतर पवित्रता का जोर,
नेकी करो और दरिया में डालो,
कर्मों का खुद ही होगा सवाल,

फल की चिंता क्यों करें हम,
जब बीज हो
सच्चे धर्म का नम,
ईश्वर देखे हर एक रेख,
शुभ कर्मों से ही
मिटे अंधेरे के मेख।

चलो मिल कर करें कुछ,
ऐसा सामूहिक प्रयास,
जिससे पाएं जीवन में
आत्मा की मिठास,
यही है सच्ची पूजा,
यही व्रत धर्म, बिना
किसी निजी स्वार्थ के —
करें उत्साह से कुछ
सामाजिक कर्म

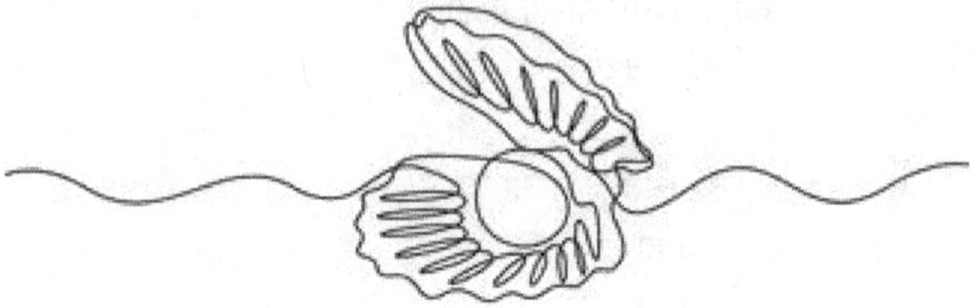

समुद्री मोती

सागर की
गहराई में,

शांत लहरों की,
परछाई में,

एक नन्ही सी
सीप पड़ी थी,

अपने भीतर
कुछ छुपाए थी,

धूप की किरण,
उस तक न पहुँची,
तूफ़ानों की लहर भी,
उसे न छू पाई,

वह चुपचाप,
सहती रही रेत,
और नमक की,
कसकाई,

दिन, महीने, साल गुज़रे,
दर्द ने आकार लिया,
और उस सीप के भीतर
एक सुंदर चमकते
मोती ने जन्म लिया,

लोग समझते बस
किस्मत का खेल,
पर उसने सहा था
एक लंबा मेल-धैर्य,
सहनशीलता और
विश्वास का,

जो हर कठिनाई में,
था साथ उसका,

सीप ने न कभी
शोर मचाया,

न किसी कोअपनी
तकलीफ़ गिनाई,

बस भीतर ही भीतर
अपनी पहचान बनाई,

यूँ ही इंसान भी,
जब चुपचाप,
संघर्ष करता है,

तो वक़्त रूपी ,
सागर में,
वो अपने लिये,
मोती गढ़ता है,

समुद्री लहरें

नीले नभ की गोद में,
चुपचाप समंदर सोता है,
पर भीतर उसकी गहराई में,
हर पल कुछ न कुछ होता है।

लहरें आती हैं, जाती हैं,
कभी शांत, कभी बेकाबू,
जैसे जीवन की राहों में,
हर मोड़ कोई नई आरजू।

सूरज की किरणें जब पड़तीं,
उन पर सोना सा चमकता है,
और चाँदनी रातों में अक्सर,
कोई सपना बहकता है।

लहरों का यह खेल निरंतर,
कहता है कुछ सिखलाता है,
गिरकर भी फिर उठना कैसे,
हर ज्वार यही जतलाता है।

तू भी ओ मन! सीख ले इनसे,
संघर्षों से ना डरना तू,
हर दर्द की एक थाह है गहरी,
पर पार है करना तुझे जरुरी।

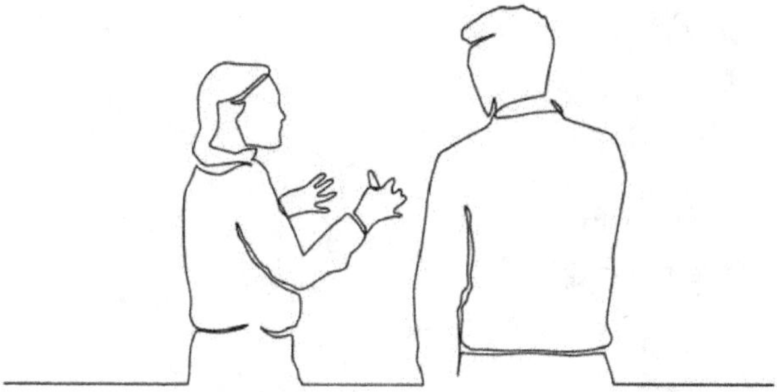

सलाहें

चल पड़ो,
जीवन पथ पर,
हर मोड़ पर,
इक आवाज़ है,
ऐसे चलो,
यूँ मत करो
हर किसी की
अपनी राय
खास है।

कोई कहे –
सपने बड़े
मत देखो,
कोई बोले –
रास्ते सीधे
रखना,
कोई डर
दिखाए

गिरने का,
कोई कहे –
बस चुप रहना,

पर जीवन तो
इक नदी जैसा है,
बहता है,
कभी चुप,
कभी बोलता है,
सलाहों के
पत्थरों से
टकरा कर भी
अपनी राह
खुद ही
खोलता है।

हर कदम पर
सीख है छुपी,
हर गिरावट में
बल है नया,
अगर सुनते रहो
सबकी बातें,
तो छूट जाएगा
अपना साया।

सुनो सबकी,
समझो अपनी,
जीवन का सार
यही है शायद,

सलाहें दिशा दे
सकती हैं,
पर मंज़िल तुम्हारे
पाँव तय करें
ये ज़रूरी है।

सवेरा

रात के गहरे
सन्नाटे को,

जब सूरज की
किरणें चीरती हैं,

नव आशा के
संग जीवन में,

नई उमंगें
फिर से बिखेरती हैं,

ओस की बूंदें
मुस्काती हैं,

कलियों में
गंध समाती है,

हर पत्ते पर
चमकती रोशनी,

धरती को
फिर से सजाती है,

पंछियों का
कलरव गूंजता है,

मानो गीत नया
वो छेड़ता है,

थककर जो मन
सोया था कल,

आज फिर से
वो जागता है,

सवेरा कहता है
हर दिल से,

छोड़ दे बीती
रात की बातें,

हर नया दिन
एक अवसर है,

नए सपनों को
सच करने की राहें

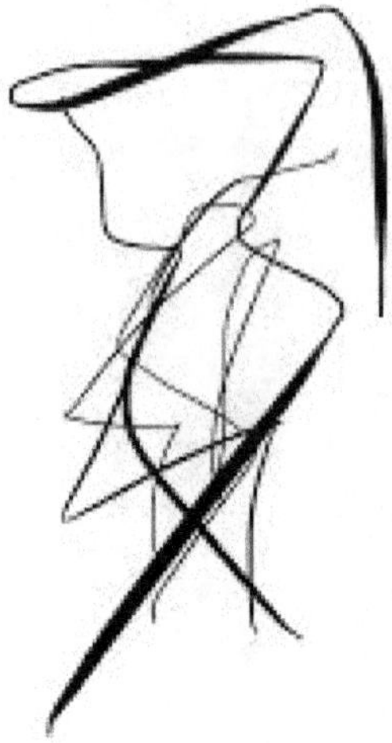

सहजता

सुख में सदा न इतरा,
दुख में हो मत हताश,
जैसे दिन के बाद रात है ,
वैसे ही संतुलन खास,

सुख आए तो बांटिए,
दुख आए तो सहिए,
जीवन की इस राह में,
धैर्य के साथ सदा रहिये,

सुख सागर की लहर है,
दुख उसकी है थाह,
गहरे उतर जो जाएगा,
पाएगा वो सच्ची राह,

सुख-दुख दोनों मेहमान हैं,
हमेशा आते जाते रहते हैं,
जो इनको हंस के अपनाए,
वही सफल कहलाते हैं,

सुख में जो नाचे,
दुख में जो गाए,
वही संत कहलाए,
जीवन को वो ही पाए,

मन स्थिर कर रखिए,
भावों से न कभी डोल
सुख-दुख दोनों भ्रम हैं,
जानो हमेशा इनका मोल।,

सहायता

किसी की सहायता,
तो पुण्य का काम है,
इंसान की जिंदगी में,
बहुत महान काम है,

कभी किसी इंसान की,
आँखों में आँसू देखो तो,
समझ लो कि वक़्त ने,
उसको लताड़ा है,

बिना कहे जो इंसान,
बढ़ाए हाथ मदद का,
वही असली मदद का,
बोध होता है,

सहायता वो नहीं,
जो दिखावा करे,

मंचों पे तालियाँ,
बजवाए लोगो से,

जब ज़िंदगी अंचानक,
अंधेरे में सिमट जाए,
कभी किसी इंसान की
थकी-सी मुस्कान में,

अपनी हिम्मत का,
एक हिस्सा बाँट दो,
कभी किसी गरीब के,
खाली पड़े बर्तन में,

अपने हिस्से का,
खाना भी डाल दो,

जरूरी नहीं कि,
हर मदद बड़ी हो,
छोटे से काम में भी,
सेवा छुपी होती है,

सच्चे दिल से की गई,
सहायता की चमक,
कभी नज़र नहीं आती,
बस आत्मा से दिखती है,
मत सोचो बदले में,
क्या क्या मिलेगा,

जो नीयत से देता है,
उसे समय आने पर,
सब मिल जाता है,
सहायता का बीज,
जो दिल में बोता है,

वो इंसान खुद ही,
भगवान के बहुत,
क़रीब हो जाता है,

सहारा

जब जीवन की राहों में,
छा जाए घोर अंधियारा,

तब थामे जो हाथ हमारा,

वही कहलाता है सहारा,

जब टूटने लगे,
हिम्मत दिल की,

और छूट जाए,
हर छोर किनारा,

तब पास आकर,
जो इंसान संभाले,

वही कहलाता है,
असली सहारा,

ना सोने-चाँदी में मिलता,
ना मिलता है बाज़ारों में,

मिलता है सच्चे मन से,
प्यार भरे व्यवहारों में,

सही सहारा वही है,
जो गिरते को थामे,

ना छोड़ दे बीच रास्ते में,
जो हर दुख में साथ निभाए,

और खुशियाँ बाँटे हर क्षण में,

सहारा जीवन का अचूक,
और अनमोल आधार है,

सच्चे दिल की सही पुकार,
और एक सच्चा सा यार है

सही समय आने पर

शुरू में बीज अंधेरे में,
रहता है कुछ दिन,

सही समय पर,
उगता है जरूर,

रात अगर गहरी हो,
और ठहरी होगी तो,

भोर की किरण भी,
और सुनहरी होगी,

संघर्ष ही जीत का,
पूर्ण आधार है और,
धैर्य ही जीवन का ,
अचूक हथियार है,

सही समय आने,
पर सब मिलता है,

हर सपना सच में,
ही ढलने लगता है,

इंसान को केवल,
अपने मन में थोड़ा,
धैर्य और संतोष,
रखना जरूरी होगा

सांझ - सवेरा

सांझ उतरती है
टूटी स्लेटों की
खामोशी में,
जहाँ बचपन खेलता है
गरीबी की फांकों में।

काग़ज़ों की जगह
ईंटें थामे नन्हे हाथ,
कलम की जगह
पकड़ते हैं
पेट की बात।

सांझ कहती है —
अब भी अधूरी है
रोशनी,
अब भी किताबें हैं

कुछ बच्चों से
परे की दुनिया
गाँव की छतें ढूंढती हैं
वो गुरुकुल की छाया,
जहाँ हर नाम की
पहचान बनती
शिक्षा की माया।

पर सवेरा भी आता है
उम्मीदें लेकर,
झोले में किताबें,
सपनों को भरकर।

कभी किसी दीया तले
जलता दीपक बन जाता है,
तो कभी झुग्गी का बालक
शिक्षक कहलाता है।

सवेरा कहता है —
ज्ञान ही असली
उजाला है
जो हर जाति,
हर वर्ग को बराबरी
वाला बना डाला है।

जहाँ अक्षर गढ़ते हैं
आत्मनिर्भरता की राह,
और तालीम मिटाती है
हर जड़ता की चाह।

सांझ से सीखो —
चुप रहना
अब और नहीं,
सवेरा बोले —
शिक्षा से बढ़कर
कोई शौर्य नहीं।

चलो उठें,
जहाँ भी अंधेरा है
अक्षरों का,
वहाँ जलाएँ दीपक
हर बच्चे के हिस्से का।

तब जाकर
सच होगा —
"शिक्षा सबका
अधिकार",
हर सवेरा बनेगा
एक नया
उज्जवल संसार।

जहाँ न कोई पिछड़े,
न कोई वंचित रहे,
हर साँझ से सवेरा
बनता रहे, बनता रहे।

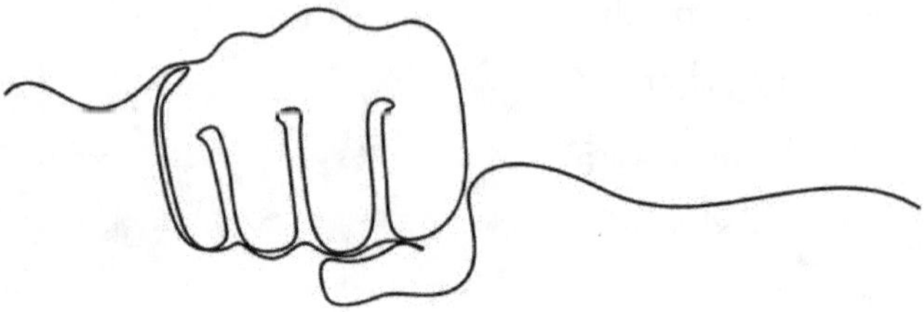

साहस

जब अन्याय के स्वर ऊँचे हों,
और सत्य की आवाज़ दबाई जाए,
तब जो चुप ना रहकर बोले,
वही साहस कहलाए।

जब देखे भूखा कोई बंच्चा,
और बाँट दे अपना निवाला,
जब चुपचाप ना गुजर जाए,
वही है साहसी मतवाला।

जब नारी पर हो अत्याचार,
और सब आँखें मूँद लें,
जो खड़ा हो बीच सड़क पर,
उसे ही साहसी कहें।

जब जाति-पाति की दीवारें
मनुष्य से ऊपर उठ जाएं,
जो प्रेम का दीप जलाए,
वही असली साहस दिखाए।

भ्रष्ट व्यवस्था, झूठे वादे,
हर कोने में फैले हैं छाले,
जो बोले सच, न्याय माँगे,
उसके पाँव भले हों नंगे।

साहस वो है जो अकेला भी,
भीड़ के ख़िलाफ़ खड़ा रहे,
जिसका झुकना मर्यादा तोड़े,
जो सत्य के संग सदा रहे।

साहस मंदिर, साहस मस्जिद,
साहस गुरुद्वारे का नूर,
जो बाँटे प्रेम, मिटाए दूरी,
वो साहस है सच्चा सूर।

सितारे

आकाश के
अनंत सागर में,

ये सितारे बस
चमकते नहीं,

बल्कि जीवन का
राज़ सुनाते हैं।

वे कहते हैं—

जीवन भी
आकाश की तरह है,

जहाँ अंधकार
अनिवार्य है,

परंतु रोशनी भी
उसी का हिस्सा।

सितारे हमें
समझाते हैं,

कि छोटा-सा
अस्तित्व भी

अनंत आकाश में
मायने रखता है।

हम चाहे कितने ही
नगण्य क्यों न हों,
पर हमारी चमक
किसी की राह
दिखा सकती है।

जो टूटते हैं,
वो मिटते नहीं,

बल्कि दुआओं में
उतरकर

किसी के सपनों का
आधार बन जाते हैं।

सितारे सिखाते हैं
अंधकार से डरना नहीं,

बल्कि उसी में
रोशनी गढ़नी है।

जैसे कठिनाई में धैर्य,
और निराशा में उम्मीद ,

हर सितारा गवाही है
कि संघर्ष के बीच भी

चमकना संभव है।
इसलिए—
जब जीवन
अंधकारमय लगे,

आसमान की .
ओर देखना,

और याद करना
तुम्हारे भीतर भी

एक सितारा छिपा है,
जो बस चमकने की
प्रतीक्षा कर रहा है।

सोच-विचार

मन की गलियों में
चलते-चलते,
कई सवाल
उठ खड़े होते हैं,

कभी ख़ुशी की
झलक मिलती है,
तो कभी कभी
अश्रु भी बहते हैं।

हर निर्णय एक
दर्पण जैसा,
जो चेहरा
दिखा जाता है।

सोच का बीज
जो बोते हैं हम,
विचार उसे फल
बना जाता है।

भीतर की
हलचल कहती है,
रुक, थोड़ा ठहर,
समझ फिर चल,

हर बात पे
टकरा जाना नहीं,
कभी मौन भी
बहुत कुछ कहता है

कल भविष्य की चिंता,
अतीत की याद,
वर्तमान को
निगल न जाए।

सोच-समझकर
हर कदम रखें,
ताकि जीवन
ना पछताए।

विचारों की ये
धारा निरंतर,
हमारे चरित्र को
गढ़ती है।

जैसी सोच रखो
मन में तुम,
वैसी ही राहें
बढ़ती हैं।

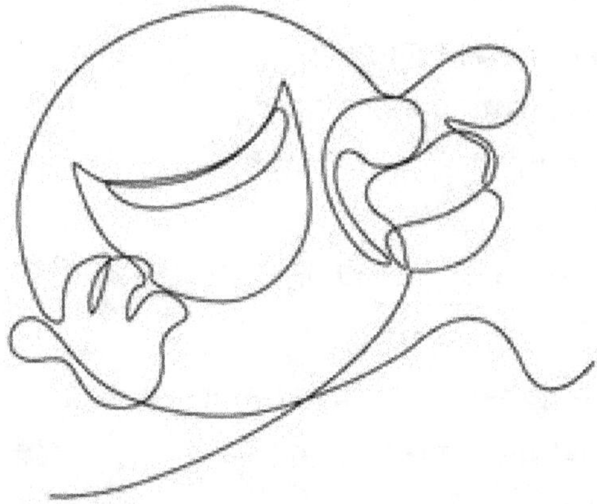

हंसते चेहरे

हंसते चेहरे,
रोशनी का सागर,
हर दिल में,
खुशियों की गागर

हर मुश्किल को
मुस्कान बना लो,
ग़म को भी अपना,
दोस्त बना लो।

धूप छाँव का
अनोखा खेल है जीवन,
रंग बदलता हर एक क्षण
जो हंसते हैं हर हाल में,
संग रहते हैं
खुशियों की चाल में।

हंसी से महकता है संसार,
हर दिल को मिलता है प्यार।
चलो सभी मिलकर मुस्कुराएँ,
हर ग़म को अपने से दूर भगाएँ।

अगर चाहते हो रोशनी बिखेरना,
तो हंसते चेहरे को मत बदलना,
क्योंकि जो कोई भी मुस्कुराता है,
वही सच्चा जीवन अपनाता है।

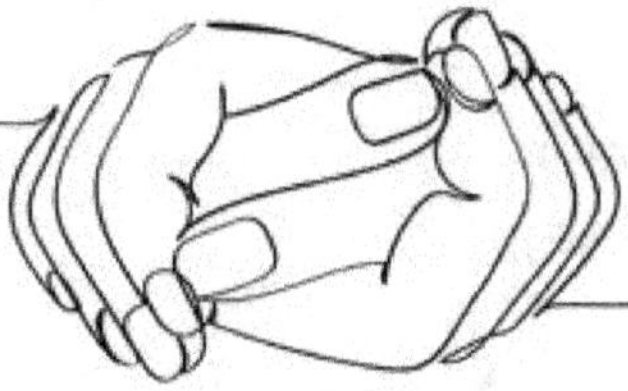

हम-सफर

सफर में राहें
कितनी थीं,

कभी सीधी,
कभी टेढ़ी थीं

कभी धूप,
तपाती थी माथे पर,

कभी ठंडी,
छाँव घनी थीं,

सफर में थकन,
तो आती थी,

मगर तेरे साथ से
ढल जाती थी,

हौंसले की लौ,

जलती रहती,

जब आँखों में,
तेरी रौशनी थी।

कभी ठोकर लगी
तो थाम लिया,

कभी आंधी आई
तो बाँह दिया

.
तेरा साथ होना ही,
बेहद काफी था,

जैसे समंदर ने,
किनारा दे दिया,

मगर किस्मत को,
ये सब मंजूर न था,
बीच सफर में ही,
तेरा साथ छूट गया,
आधी मजिल ही,
तेरे संग पार करके,

सारा हिम्मत टूट गया,
तेरे जाने के बाद,
हर आसान सफर भी
अब मुश्किलऔर
बहुत लंबा हो गया,

अब मंज़िल दिखती तो है,
मगर चलने का सहारा,
तो बहुत पीछे छूट गया,

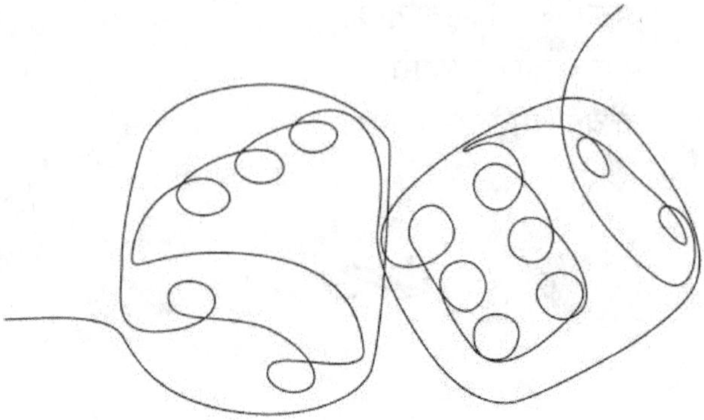

हार-जीत

हार जीत इंसान की,
जिन्दगी में एक,
अनवरत चलने वाला,
किस्मत का खेल है,

जिंदगी एक खुला मैदान है,
हर मोड़ पे चलता इंसान है,
दिन-रात एक इम्तहान है,

कभी धूप है, कभी छांव है,
कभी गंभीर सन्नाटा, और
कभी आवाज़ों का गांव है,
हार मिलती है तो,
आँखें नम होती हैं,

पर उन्हीं आसुओं में ,
शक्ति सम होती है,

जब जीत मिलती है तो,
सिर गर्व से ऊँचा होता है,

मगर अहंकार आते ही,
इंसान नीचे गिरता है,

हार ना तो अंत है,
ना कोई कलंक है,

वो जो सिखाती है,
वो तो जीने का ढंग है,

जीत ना तो कोई,
गंतव्य है अंतिम,

वो तो सिर्फ एक,
पड़ाव है सुंदरतम,

कभी गिरो तो,
उठना सीखो,

हर तरह के दर्द में,
मुस्कराना सीखो,

हार-जीत तो जिंदगी में,
हमेशा ही आती-जाती है,

असल जीत तो इंसान की,
अपने आप से ही होती है,

चलते रहो हमेशा जोश से,
कभी भी रुको मत रोश से,

हर मोड़ पे हिम्मत जरूरी है,
जिंदगी में जीत के लिये,
संघर्ष भी हमेशा जरूरी है,

हैरानी और परेशानी

हैरानी ने पूछा परेशानी से,
"तू क्यों है हरदम बेफिक्री से?"
परेशानी हंसी, फिर बोली,
"तेरी तरह मैं ना हूँ भोली।"

हर आहट पर मैं जागी रहती,
हर चिंता की डोरी बुनती।
मन को उलझन दे जाती हूँ,
आशाओं को भी थकाती हूँ।

हैरानी ने फिर मुस्काई,
"पर तेरा क्या कोई उपाय?"
परेशानी बोली, "समझ लो बस,
हर चिंता में छुपा है रस।"

जो समझ सको हर घड़ी को,
हर मुश्किल में भी खुशी को,
तो मैं भी पल में मिट जाऊँ,
हैरानी बन हंसती जाऊँ।

हैरानी ने फिर ये जाना,
परेशानी भी एक बहाना।
जो सीख दे हर घड़ी हमें,
जीवन को जीना सिखा चले।

www.ingramcontent.com/pod-product-compliance
Lightning Source LLC
LaVergne TN
LVHW050838051026
849532LV00006BA/2022
9789364317160